Tales of Fate, libro uno.

Hija del Espacio.

Alexandra Paniagua

Hija del Espacio
© Alexandra Paniagua Gomez, 2021.

ISBN: 978-958-49-4159-6
ISBN: 978-958-49-4160-2

DEDICATORIA

Para mis mejores amigos, que me vieron batallando en mi propia locura, aventuras y depresión. Pero que de alguna forma lograron aceptarme e impulsarme más lejos en lo profundo de mi imaginación. También a mi yo del futuro, que como cientos de cartas que me he auto dedicado, espero que esta asimismo la leas y vuelvas a sentir la magia.

Ny (SF)-Lc (GT)-Cc (JT)-gP (SS)-D(VP)-Pa (BP)-Ya (SS)-Mf (LG)

CONTENIDO

AGRADECIMIENTOS

A mis dos primeros lectores, a mi madre y a mis mejores amigas.

Capítulo 1. estrofa uno, tiempo.

Comprendiendo el despiadado peso de ser un héroe,

y haber gobernado entro los doce Dioses del inicio,

ahora me convertiré en un Dios.

Aquella noche helada un hombre de enorme contextura, con ropa degastada y olor pestilente. Pasaba desapercibido en la taberna, donde el ruido de fondo era suficientemente alto como para lograr reprimir tus propios pensamientos. Este pobre borracho se atosigaba con cerveza con sabor a orina de caballo, pero que conseguía cumplir su deber, intoxicar las penas que no quería cavilar.

La navidad, no importa en qué época o lugar estés, es el más bello momento del año, pero para este hombre solo era el insufrible recuerdo de su fallo como ser humano. Sin amigos, sin amantes, sin familia y con la presión de la traición a su propio reino en los hombros. Cargando sobre su cuerpo el peor destino, jamás poder morir.

— La dulce muerte —susurró intoxicado.

Una de las meseras rellenó por enésima vez aquella jarra, lo miró por el rabillo del ojo siendo consciente de la elegancia y belleza inusual de aquel hombre desaliñado lograba manifestar, incluso estando vestido con harapos. con tristeza para ella jamás tuvo la oportunidad de dirigirle la palabra aquel misterioso y reservado hombre.

— Quizás sea tu noche de suerte —le murmuró dulcemente.

Estando encorvado en la silla se enderezó un poco, le sonrió con pesar y casi en burla le respondió: — quizás lo seria, si fueras un poco más hermosa y menos zorra.

La juguetona sonrisa de la joven se desvaneció y un gesto torcido lo remplazó. Quizás en este momento ella estaba sirviendo como una mesera, pero era considerada como una de las cazadoras más fuertes entre los jóvenes del pueblo. Permitiéndole tener un poco más de orgullo que las demás. Orgullo no permitirá fuera pisoteado. Con una sola palabra y considerando la algarabía de la celebración, fue suficiente para despertar la necesidad de muchos ebrios en un lugar concurrido de luchar.

- ¡in contumeliam!

Una expresión común utilizada para golpear a un hombre que ofendía las buenas intenciones de una dama, deshonra.

Los aires de la taberna se avivaron y para ser breves, aquel ebrio que había estado tomando desde temprano en la mañana, aquel antiguo guerrero que tenía el tamaño de un oso terminó en las afueras de la taberna, tirado en un montículo de nieve sucia, golpeado, sangrando y por alegría de él, lo suficiente ebrio para no importarle.

Después de unas horas se levantó dando tumbos, se sacudió la nieve de la barba y caminó sin rumbo en las desoladas calles del pueblo. En algún momento perdió la conciencia y se desplomó como tronco sobre un charco sucio y cálido.

Y es acá precisamente donde la protagonista de esta aventura aparece o por lo menos, lo que ella piensa. Su cabello azabache y ojos ámbar miraba con desprecio al mísero hombre que se revolcaba, probablemente aun ebrio, en el fango junto a los marranos.

- tch.

Ella viajó casi un mes por mar para llegar a ese pueblo perdido en el mapa. Caminando durante nueve días montaña arriba sobre la nieve dura, para encontrar al pequeño bastardo que sería la esperanza del mundo. Ella divisó desde una esquina de la taberna la escenita de la noche anterior. Cuando llegó, su corazón entro en un estado de negación, dudando que aquel despojo de hombre fuera considerado el ser digno de una profecía.

Su decepción fue tanta, que consideró seriamente tomar algo de esa asquerosa cerveza y la insípida comida, para solo largarse en la mañana siguiente. Pero en el momento que vio la trifulca causada, lo reconsideró. La mirada que por un momento vio en los ojos de ese hombre le recordaba a un héroe, un caballero, un guerrero, un rey y por último con un escalofriante entendimiento… una bestia.

La elegancia de la joven no era algo para describir, su belleza y carisma no cuadraba en aquel burdo lugar. Provocando cuando salió del hostal con un balde de agua y estando a la mira de los lugareños, pensamientos sin sentidos, aunque no lo suficiente para que los desconfiados pueblerinos consideraran inmiscuirse.

— Hijos de su…— No me atreveré a repetir la retahíla de malas palabras que vociferó la bestia, mientras despertaba abruptamente por el baldado de agua fría que se le fue lanzado. — ¿Quién demonios eres? —cuestionó a la joven. Cuando la vio erguida y con el mentón en alto frente a él. — ¡arg! Ni te molestes. — Le corto antes de que ella empezara hablar.

Se levantó aun mareado y con unas fuertes palpitaciones en la cabeza. Golpeando con el hombro a la joven para que le diera paso. El abrigo blanco que traía puesto se manchó de suciedad.

— ¡Espera! ¡demonios espera! —gritó aireada y sacudiéndose el hombro. — joder ¡no puedes ignorar alguien que te está llamando!

— ¡Si puedo y lo hare!

— ¡Por lo menos déjame presentar! —gritó intentad alcanzar el rápido paso de aquel hombre.

La pequeña joven corría torpemente en la nieve blanda, hundiéndose a cada paso. "como rayos puede avanzar tan rápido" pensó mientras lo seguía a las profundidades del bosque invernal.

— No quiero saber quién eres —respondiéndole de manera indiferente — y te aconsejo que mejor no me sigas. Terminarás devorada por alguna bestia —le informó con un tono de advertencia. — Quizás sea yo quien lo haga. — Volteando a verla con una sonrisa sórdida. La chica no pudo evitar temblar.

— No lograrás asustarme —advirtió —. Estoy acá por un

deber sagrado y no me iré hasta cumplirlo. — intentó gritarle mientras bregaba alcanzar al hombre que a cada paso lograba aumentar su distancia, siendo en vano, porque apenas lograba ver una pequeña sombra alejarse en la penumbra del bosque.

"no me rendiré, demonios, no me rendiré, si me rindo… será el final de todos" trató de convencerse para lograr su misión. Mientras seguía el rastro en la nieve. Tras una larga caminata, por fin logró vislumbrar la pequeña cabaña en medio del bosque.

"Quizás un lobo se la comió" él pensó satisfecho al no ver la joven. Suspirando pesadamente al escuchar su chirriante voz detrás de la puerta, reconsideró volver asesinar.

— ¡Muy bien! Si no me quieres escuchar, al menos dame unos minutos en honor de ¡ANAKARNIA! — gritó por enésima vez aquella mañana la peli negra.

Ella tembló levemente por el mordaz frio de esa montaña. La ventisca que empezó unos momentos antes de llegar a la cabaña producía estragos en su cuerpo, el abrigo de piel de lobo recubierta con Magia de fuego apenas lograba su objetivo. La chica deliberó si debía devolverse, pero al sentir que la magia en su abrigo se agotaba aterradoramente rápido, consideró que lo mejor era insistir hasta que abriera, si es que lo lograba.

— ¡Lárgate muchacha! —gritó desde el interior de la cabaña —. ¡Se aproxima una tormenta y no tengo ánimos de deshacerme tu cuerpo congelado! —. Divertido por la situación y agradecido con el clima que se haría cargo de sus problemas.

— ¡jamás me iré! —El hombre volteo los ojos irritados —, por lo menos hasta que me escuches. —Su voz se quebró por el frio y empezó a titiritar.

"No durara mucho" pensó equivocadamente aquella bestia.

Mientras se preparaba una bebida caliente y suponiendo que no reconciliaría el sueño, se dispuso a quitarse la ropa andrajosa que lo envolvía, a pesar de estar a una temperatura de menos quince grados centígrados, el frio podría serle menos indiferente. Desnudo, se hacía mucho más evidente el cuerpo bien trabajado, suficiente para hacer sonrojar hasta el mismo Tiempo. Las cicatrices que cubrían su cuerpo, evidencia de arduas batallas y tatuajes tribales que explicaba con certeza su origen; su desordenado cabello y barba larga, rizada y andrajosa, no lograba opacar la heterocromía de sus ojos, uno negro y el otro rojo.

Cuando terminó de limpiarse y vestirse nuevamente, se veía más como un humano. Con su consciencia volviendo de su estado de semi ebriedad, añadido al incesante golpeteo de la puerta por la pequeña mano de una dama, que iba cesando con el paso del tiempo.

— el cruel tiempo. —Suspiró.

Rindiéndose ante su poca humanidad abrió con brusquedad la puerta, dejando que una chica semi congelada callera sobre su costado, temblando, acurrucada. Ella alzo su mirada sobre aquel hombre y le mostró una sonrisa ganadora, esa fue su primera victoria. — tch.

— Por un momento pensé que no abrirías. —Tartamudeó por el frio que se calaba hasta sus huesos.

Mirándolo aun con las pestañas un poco congeladas, el hombre le devolvía la mirada irritada desde la silla en el fondo de la sala. Ella se acomodó el cobertor que él le aventó, después de que el la arrastró hasta la chimenea.

— ¿Una chimenea de magia de ... de fuego? — Miró al hombre, mientras acercaba un poco más las manos quemadas por el frio al calor que expedía los leños.

— No es de Magia, es leña y fuego, nada más.

— Pero las de Magia son más… eficientes. —Sin agregar más ella cerro la boca algo nerviosa.

El hombre guardó silencio por lo que pareció una eternidad y suspirando en varias ocasiones, observaba cuidadosamente aquella joven.

—Acaso… ¿tienes curiosidad? —Consiente de su apariencia ella le sonrió. El alzo una ceja en señal de pregunta. — Sobre mi apariencia — aclaró ella.

— ¿Esa anciana aun no muere? —La muchacha negó con la cabeza y el suspiró. — ¿qué quieres niña? y será mejor que escojas muy bien tus palabras, porque después de esto te arrastrare lejos de esta cabaña y te matare. —La joven mujer tembló por un momento, sin saber si era por el frio o por la sed de sangre.

— No soy muchacha, bestia —escupió con molestia. Mirando el fuego escuchó un gruñido y con una cara más seria valientemente se enfrentó aquella bestia.

» Mi nombre es Mauren Auri Danais di Lukene, de la casa de los Lukene de las Tierras altas de Balliar, en el sur de Europa, soy la cuarta hija de la familia imperial del Reino de Balliar, soy la cuarta, por lo que se me considera la princesa hija de la muerte y la mensajera de la sacerdotisa Anakarnia, la última bruja y mujer que escucha los mensajes de los Dioses.

Realizando una pausa para aquel hombre entendiera la magnitud y poder que ella representaba. Pero al ver que su rostro no cambió en asombro y reverencia, por lo contrario, se distorsionó a cada palabra de esta, con una mueca de repugnancia y clara molestia.

— Si esperas alguna alabanza, será mejor que estés preparada para darme tu cabeza —siseó con los dientes apretados.

— No lo espero. —Desvió un poco la mirada —. Como te decía, siendo una de las mensajeras de Anakarnia, se me fue otorgado una misión. —Y volviéndolo a ver, pero con una mirada más profunda y significante, tomo fuerza y se levantó del cálido suelo clamando—: una misión tan sagrada, que fue clasificada como sacramentum. —El hombre se tensó un poco, pero fue más bien imperceptible al ojo humano. —Estoy más que segura que es consiente a que me refiero.

— ¿A qué? ¿A uno de los consagrados más importantes implementados entre la orden de los caballeros reales de Saily? ¿O te refieres al único consagrado dado a los elegidos para realizar las misiones dada por los Dioses? El cordero elegido entre el rebaño que se considera más sagrado y poderoso de las antiguas Tierras. Dime Maureen Auri Danais di Lukene o ¿come prefieres que te llamé? La rata de la expiación de los Dioses — vociferó con sarcasmo y con una ironía grotesca, escupiendo veneno y odio en cada palabra.

El rostro de esa muchacha no pudo ensombrecerse más, gritando con soberbia y pinchándolo con el dedo como acusación —: ¡ese no es el deseo de los dioses! ¡que sabe un simple cazador sobre los dioses! ¡deberías estar agradecido! ¡agradecido de ser el siervo del destino! ¡de que una hija de la casa Lukene, reyes de las tierras antiguas te dirija siquiera la palabra!

Airada por el comportamiento desdeñoso, grosero y poco benevolente de ese simple vasallo, de una Tierra congelada y que lo único que da como alimento es carne y sangre de bestias salvajes, ella saco pecho con arrogancia.

— y para tu información te puedes dirigir a mi como su alteza Dana...

Antes que pudiera terminar siquiera la frase, fue embestida por aquella bestia, tomada por el cuello y alzada a unos treinta centímetros del suelo

— ¿qué estás haciendo?

Sin poder si quiera terminar la frase y sintiendo el aire incapaz de pasar por su tráquea, con la visión borrosa vio la ira contenida en su rostro enrojecido, hasta que ella perdió la conciencia.

— Que sabe una niña sobre lo que desea los Dioses, yo mismo soy un Dios y no lo comprendo — murmuró pesadamente mientras dejaba desplomar a la joven princesa.

Su cuerpo tirado en el suelo se veía aún más pequeño, era delgada, eso lo notó cuando la arrastró de las muñecas y la tomó por su cuello, aunque su tono muscular era bueno, era evidente la malnutrición.

«que le dan de comer ahora a la realeza»

Negando con la cabeza la tomó como si fuera un costal sobre sus hombros. Saliendo de la cabaña caminó hasta lo más alto de la montaña, allí la colocó sobre la orilla de un gran peñasco y aun con la fuerte ventisca pensó: «si no muere por la caída, en definitiva, si lo hará por el frio».

Él podría matarla con sus propias manos (de eso no tenía duda) pero había prometido ante la Diosa de la vida que sus manos no volverían a tocar sangre humana; aunque jamás le dijo que nunca abandonaría alguien en un peñasco de nieve que en cualquier momento podría convertirse en una avalancha, ciertamente su promesa le importaba, pero las palabras de esta joven lo desesperaban.

Dando la vuelta y dejando a la clemencia del clima a la joven, el hombre se retiró a paso lento, pero antes de siquiera dar el décimo paso un gran rayo se interpuso en su caminó. Cayendo de culo por la inestabilidad de la nieve miró hacia los cielos, la ventisca de nieve se detuvo, como suspendida en el tiempo, los copos de nieve flotaban alrededor.

Si el día o la fecha no pudiera ser peor... ¿me tenías que terminar de arruinar mi día? Con tu asquerosa e inmunda presencia.

— ¡Ay por favor! Xoel Massimo Eloy di Benek, de la casa de los Balliar, gran rey del viejo continente y el traidor de la humanidad...

— Joder mujer, esos nombres malditos que se me fueron dados, hace mucho tiempo los deje atrás maldita bruja.

— Soy el tiempo, inmortales, sabes que jamás te dejare que lo olvides.

— Una perra es lo que eres, maldita bruja y si me vas a llamar por un nombre, asegúrate que sea el nombre que mi madre me dio, no esos otros que los demás esbirros me dieron.

— Xoel.

Con una sonrisa sórdida de aceptación. Aquel que fue una vez promulgado como el máximum, el rey de la unificación del viejo continente se levantó y encaró a uno de sus viejos rencores. Ella le señaló la joven tirada en el borde del precipicio

—Su nombre ha sido marcado en la línea del tiempo, mucho antes de la creación, al igual que el tuyo. —con una voz melodiosa hizo flotar al cuerpo de la princesa como si fuera una muñeca de trapo —. Se ha previsto que será ella quien vuelva el Caos a su lugar.

— ¿¡que!? — con una expresión de asombro Xoel el inmortal miró a esa jovencita de apariencia débil —. imposible ¡es solo una niña! — señalándola con el dedo.

— Igual que tu cuando fuiste elegido, no tenías ni trece años cuando dominaste los 5 principios base de la Magia.

— Yo era un genio y fui criado como un guerrero. —Golpeando su pecho con resentimiento gritó —: ¡viví entre sangre y huesos los primeros años de mi vida! esta niña, mírala, su cuerpo es tan débil que una simple ventisca podría matarla.

— Aun no la conoces, dale más crédito, ella ha librado más batallas que tú, incluso más que a tus miseros veinte años. — mirándola con tristeza agrego: — ella ya ha sufrido lo que tu… aún es joven.

— ¡ja! ¡una niña mimada es lo que ven mis ojos, no es necesario de dar una segunda mirada! Y… ¡Tampoco es tan joven! A la edad en que está, por lo menos debería poder crear un poco de calor. Pero en cambio confía más en el pobre hechizo de un mago de nivel (E) puso sobre un abrigo bonito. Lo que no solamente la hace incapaz, sino que también estúpida. Esta niña jamás podrá volver a su lugar al Caos.

— Es lo que es Xoel, está escrito, así como tu nombre está escrito en las líneas del destino, el de ella también.

— Estaba. — Refunfuñó.

— ¿Perdón? —discutió la Diosa.

— Estaba escrito, en el momento que tomé mi inmortalidad mi nombre desapareció de las líneas del destino… y de la muerte.

— Ciertamente Xoel, pero solo es el nombre del antiguo rey Massimo Eloy di Benek, después de todo. Tus intentos por conservar el nombre que tu madre te dio provocaron que solo el nombre del antiguo rey desapareciera de la línea del destino. Pero tu nombre, tu nuevo y antiguo nombre, Xoel Ad Deum fue reescrito nuevamente sobre las cadenas que une a todos.

— ¡Maldita perra! — vociferó agarrando el cuello del vestido de aquella Diosa —. Se me dijo que en el momento que me volviera inmortal ya no dependería del destino. Mi nombre seriá borrado de la lista de la muerte y… ¿entonces significa qué? ¿he podido morir desde hace siglos y ustedes monstruos me lo han ocultado?

— Cálmate Xoel. —La Diosa zafándose de su agarre se alisó el vestido. Sus ojos se posaron sobre la chica con un rostro de melancolía —. los nombres jamás se borran, por algo es el destino, ciertamente fue muy estúpido de tu parte pensar que no lo hacía. Pero eso no borra tu realidad, tu inmortalidad es algo que prevalecerá en ti. Tu nombre está en las líneas del destino, solo que ahora está escrito con letras doradas, igual que los demás Dioses —. Xoel con cara de pocos amigos no discutió más el tema.

— Pero eso no explica por qué estas acá.

Con una mirada algo preocupada, la Diosa posó toda su atención en la chica, la cual aún se encontraba flotando en la montaña. Sin necesidad de más explicaciones, Xoel tomó en sus brazos a la joven princesa.

— Para que veas que no soy una terrible amiga. — Xoel rebuznó. La Diosa disgustada dijo —: ella es aquella, la chica de ese párrafo anhelado tuyo, aquel creado por ese mestizo Di Ray (ciertamente el humano más listo que he tenido el gusto de conocer).

El corazón de Xoel latió con fuerza, con más emoción que cuando fue coronado rey, cuando batallado lado a lado con sus amigos… incluso aún más que cuando nació… no, quizás no tanto. El observó aquella muchacha y reconoció en ella su propia esencia. La ventisca que había cesado después de detener el tiempo volvió con la misma fuerza, pero en esta ocasión no afectó a ninguno de los dos cuerpos. Xoel cargo a Danais nuevamente hasta la cabaña y espero pacientemente a que aquella ramita despertara de su estado inconsciente. En su rosto se podía percibir una sonrisa, su barba cosquillaba en sus mejillas y volviendo a sentir aquello con lo que nació y ahora tanto anhelaba, la noción de poder morir.

UN HÉROE, UN REY Y UN DIOS.

Capítulo 2: Estrofa dos, aire.

Deseado la libertad

Ignorando el destino que los Dioses me han dado

No seré maestro de nadie y no rendiré cuentas, ni esperaré juicios.

Sangre derramada, huesos partidos, cabezas rodando por el fango, gritos de guerra y de muerte. Quizás la imagen más insonora y bulliciosa del mundo, con tantos seres enfrentándose en batalla. Sus oídos estaban pitando con un tono aturdidor, resultado de una bomba de Magia que estallo a unos cien metros de él, varias personas salieron volando por la onda explosiva y varios más fueron desintegrados por la onda de poder; ni carne, ni hueso, ni sangre, desintegrados a la nada.

Miles de personas, quizás más, luchando de forma viciosa. No había ley, orden o moral alguna. El número de cuerpos en el suelo era aún insignificante con los que estaban de pie, su propio cuerpo se movía con el vaivén de la guerra. Su espada cortaba los cuerpos de sus enemigos uno tras otro, sus manos lanzaban hechizos explosivos que lograban aturdirlo por su propia ferocidad. La sangre burbujeante de su cabeza le permitía dar el siguiente paso, el siguiente y el siguiente, dejando atrás un camino de cuerpos destrozados.

Seres de todo tipo, seres que ya no son tan fáciles de ver ahora en día, elfos, enanos, ninfas, furias, hombres lobos, hechiceros y los mismos Dioses. Luchando a la par tratando de contener criaturas oscuras, de carne, hueso y humo; conjurados por el ser más maligno de la creación, uno de los nigromantes más poderosos y hechicera de la Magia oscura. Cuando por fin logró vislumbrar ligeramente su corona de hueso de ninfa, aquel quien le había prestado sus ojos la arrastró nuevamente a su conciencia.

— arg — se quejó la pequeña joven, tratando de enfocar sus ojos, asustada y nerviosa, retrocedió a la mano que la tocaba, un desgarrador gritó se escuchó en la cabaña.

— Calma Danais, Calma…— con una tierna mano, Xoel trató de calmar al manojo de nervios en se había convertido la ignorante chica.

— Tu…— ella lo señaló indignada —tu… tú me estrangulaste — señalándolo con el dedo. tocándose el cuello dio un pequeño brinco de dolor. Sus pensamientos aun erráticos por el increíble sueño que había tenido y por el entendimiento de que este hombre trató de matarla.

— Sí, pero solo fue un poco y te lo merecías. — este apuntó lo sucedido. — ¡agradece que no te mate! — con clara ironía le comentó —. quiero que sepas, hace mucho tiempo no le doy una segunda oportunidad a nadie, pero como no te deje terminar de contarme esta ¡oh! Tan eminente profecía que la anciana Karnia te envió a ti, una escuincla, para mí, Xoel el … cazador.

Aun mirándolo con recelo y tratando de ordenar sus pensamientos, sumado a la pesada sensación de sangre pegajosa en sus manos y tatuajes tribales que no poseía. Lo miró a los ojos y tomando una sana distancia consideró ser más prudente con este hombre. Había aprendido la lección, su insolencia y arrogancia la había dejado casi al borde de la muerte, solo podía tomar aquel sueño como una advertencia de los Dioses.

— Para poder explicarte la profecía, primero tengo que explicar correctamente quien soy… — la muchacha enmudeció de repente, sintiendo el estado irritado del hombre —. Bueno, ok, ni tan necesario… esto, bueno, como comienzo… — comenzando a titubear con sus propias palabras. Xoel con poca paciencia aclaro su garganta.

— La profecía niña, dime lo que esa anciana palabra por palabra te mando a decirme.

— Oh claro. — tomando un poco de aire en sus pulmones y sintiendo su garganta picar empezó: — la gran Sacerdotisa Anakarnia en una noche de luna menguante, recibió de la Diosa del Aire una profecía, con el viento serpenteante, le canto ligeramente:

El treceavo es la respuesta y el tercer verso es la solución.

La historia cambiara desde sus cimientos y lo que fue roto será reconstruido.

El Caos volverá a su lugar y la muerte no será el fin.

Si el treceavo y el tercer no unen su caminó,

el fin del mundo nuevamente será escrito.

» La gran sacerdotisa te manda a decir 'la profecía fue escrita por el mismo destino y fue enviada por el Aire, el tercer verso a nacido y será tu oportunidad de resolver las cosas' mencionó que tú sabrás que era el treceavo y el tercero, donde se encontraban y donde es que hay que unirlos, para evitar el fin del mundo —. la joven curiosa por el rostro pensativo del hombre se acercó curiosa —. ¿si sabes qué son? Y ¿dónde encontrarlos? ¿verdad? — Xoel asintió con la cabeza.

— Tengo una vaga idea a lo que se refiere. Al igual de que me estas ocultado el resto de la profecía —el hombre aseveró.

— Eso es lo que la Diosa ha dicho, no habría razón para mentirte. — la joven indignada defendió su punto.

— Claro que me estas mintiendo. Las profecías vienen siempre de a tres, o son tres versos, o tres estrofas o tres destinos, ya que me dijiste cinco versos concordantes entre sí, podría arriesgarme afirmar que no son solamente tres versos, pero si se mencionan los tres destinos… porque lo que solo quedaría afirmar que hacen falta dos estrofas más.

— Para nada — insistió la princesa con nerviosismo —. es lo que es. — el hombre se le acercó peligrosamente.

— He recibido en mi vida tres profecías niñas, seis estrofas que me han maldecido a cada caminó y tres versos que me han enemistado con muchos de los Dioses. Intenta mentirme otra vez en la cara y entenderás porque tu quería Anakarnia te envió sola conmigo.

— Porque es mi deber Sagra…

— ¡porque puedo destruir ejércitos enteros! — le interrumpió abruptamente. La Magia alrededor empezó a revolotear, las chipas del fuego estallaban con más violencia y la ventisca empezó a silbar con mayor fuerza, haciendo temblar ligeramente la cabaña —. Te envió sola con la esperanza de que no mataría a una niña débil, te han enviado como un maldito cordero, directo a la boca de un dragón. Esperando que te de suficiente misericordia para que logres dar su mensaje.

— ¡Qué ridiculez! es mi deber sagrado, para esto nací, soy la hija de la muerte, la cuarta princesa, la mensajera, crucé el océano durante un mes para llegar acá, caminé sola, guiada con un burdo mapa sobre la nieve de esta montaña, te encontré. Lo único que no entiendo, es porque a la persona que le debo llevar el mensaje ¡no parece más que ser una bestia! ¿Qué clase de dignidad es la que tienes para decir que toda una profecía es sobre ti? ¿por qué tu tendrías dedicadas más de una? ¿por qué la sacerdotisa más importante de todo el viejo continente consideró siquiera que una basura humana como tu — señalándolo furiosa con el dedo —, fuera el que recibiera de mí, una princesa, tal honor dado por los Dioses? O ¿por...

— ¡¿Por qué creen que yo lograré salvar el mundo?¡ — él gritó alzando los brazos en el aire. Una ligera risa brotó de su boca, hasta convertirse en una carcajada de locura —. Los Dioses son unas bestias en realidad, no aprenden de sus errores, miles de años han pasado y aún siguen considerándome su gran héroe ¡IMBÉCILES! — con un gritó que logro espantar a varios monstruos cercanos. Xoel miró a la princesa —quizás no seas tan estúpida como pensé, no eres la oveja mansa que envía un mensaje ciegamente. Puedes guardarte el resto de la profecía, sé que poco a poco me lo irás diciendo. — Danais con un rostro en blanco miró a Xoel.

— Que te hace creer que te los diré...

— Me ganare tu confianza muchacha. Aceptare el reto de esos malditos Dioses, me bañare en sangre nuevamente por ellos y tu...— la señaló— serás el testigo de la gloria que se me fue prometida.

— Que estupidez, yo no iré contigo a ningún lado, mi deber solo es darte la profecía y volveré a mi reino.

— Pero no acabas de decir ¿que no me dirías lo demás? Y como dices, es tu deber sagrado recitármela, te llevare conmigo a encontrar a estas tres cosas y llevarlas al lugar que pertenecen para evitar que el mundo termine de hundirse.

— ¡claro que no! Me iré a mi reino, tú no eres digno… así que me iré. — Tomando su abrigo decidió salir en medio de la tempestad para volver a su pueblo.

— Muy bien señorita, pero te recomiendo que esperes a que la ventisca pase en unas horas, aunque no te detendré si quieres solo salir y morir. — La joven no dio ni medio paso a fuera cuando escuchó las palabras de Xoel, el frio le calo nuevamente hasta los huesos y sintió un terrible miedo al pensar en morir congelada bajo la nieve. Quizás estaba inconsciente en ese momento, pero su subconsciente sí que recordaba el mal rato.

— Ok, me quedare solo unas horas más, pero no porque tú me lo digas bestia.

— Xoel.

— ¿Disculpe?

— Xoel es mi nombre, escuincla, Xoel Ad Deum.

— Pues mi nombre no es escuincla tampoco, es Danais.

— Una mujer hermosa y de carácter de princesa, eso significa tu nombre, pero aparte de tu nombre para mí no tienes nada de eso, así que te llamare mejor Maure.

— ¡NO! — ella gritó ofendida— Es el nombre que me dio mi madre y nadie más que ella tiene el derecho de llamarme por él.

— Que madre tan retorcida debes tener para ponerte tan horrible nombre… Oscuridad o maure…

— Que no me llames así ¡bestia!

— Entonces serás de ahora en adelante ¡escuincla!

— ¡Bestia desagradable! — con molestia la joven remilgó y antes de poder decir más, un golpe en su cabeza la dejó nuevamente inconsciente.

Mirando la chica en el suelo Xoel se lamentó, su pesadilla jamás tenía fin. Quinientos años permaneció oculto entre las sombras del mundo, después del error político más grande la historia, donde hasta el mismo perdió su alma. Y ahora estaba allí, replanteándose volver a inmiscuirse en los conflictos políticos y religiosos, después de haber sido derrocado como rey y de haber sido traicionado por los Dioses. Movido nuevamente por su propia codicia. Pero sobre todo por la sed de sangre y venganza sobre una Diosa en específico.

Empacó algunas pertenencias que tenía en aquella cabaña, ropa y algo de comida, lo suficiente para poder viajar. Metió su mano dentro de la chimenea aun prendida y dentro del fuego sacó un anillo de hueso de ninfa, tan trasparente que apenas podía ser reconocido "un hueso de espacio tiempo".

Los huesos de las ninfas, en especial de las que hayan vivido más, eran considerado uno de los materiales más poderosos y versátiles para el uso mágico de la madera y durante mucho tiempo estuvo prohibido su uso, por obvias razones. Aun su uso se considera un lujo que solo reyes se pueden dar y más siendo de un material como el que se encontraba en sus manos.

Terminado de empacar sus cosas en el codiciado articulo mágico, Xoel tomo en sus manos a la pequeña granuja aun inconsciente, la subió a su espalda y salió de la cabaña. Ni siquiera miró atrás, solo caminó, mientras la cabaña en que residió desde hace treinta años desaparecía como arte de Magia en medio de dicha tormenta, como si jamás hubiera existido.

Bajando de las montañas se encontró con varias bestias, en su mayoría pequeñas creaturas mágicas, unas menos aterradoras que otras. Quizás él era lo más aterrador en esa montaña nevada, teniendo sobre su cuerpo la piel de un oso, siendo lo único diferente el pequeño ciervo blanco, que zarandeaba sus extremidades mientras era bajado de la fría montaña. Al llegar a las afuera del pueblo, escondió sus dos abrigos en el anillo y para no hacerlo más largo, compro dos boletos en el siguiente barco que zarpara hacia el viejo continente, claro, con el dinero que le robó a la chica.

La joven despertó horas más tarde, un poco mareada por el movimiento del barco, algo desorientada sobre lo que parecía la parte baja de un camarote. — ¿Qué demonios? — asomándose por la ventana consiguió ver el basto mar y las olas que chocaban con el barco—. ¿pero qué demonios? — incrédula se apresurada salió a la cubierta. El horizonte azul la saludaba, los gritos de los marineros que movían y tiraban de diversas cajas. — Enserio... pero ¡¿QUÉ DEMONIOS?!

— ¡Vaya! para considerarse de la realeza ¡sí que duermes como un marinero!

la risa de un enorme hombre logró opacar el sonido del mismo mar — ¡si por un momento llegue a pensar que uno de mis marineros aun dormía! ¡roncabas tan fuerte que creí que habíamos encallado en algún banco de Tierra!

— Discúlpeme. — Avergonzada por las palabras del capitán.

Danais buscando con la mira a su secuestrado y cuando dio

con él se acercó rápidamente y le increpó a Xoel: — ¿qué demonios está pasando? ¿Dónde rayos estamos?

— Como amenazaste con irte, pues te ayude un poco. — Con un gesto sínico señaló la embarcación.

Ella parpadeó aturdida y sin creer las palabras que salía de la boca de ese hombre, puede ser que él le llevara casi dos cabezas de altura, pero en ese momento lo vio como una rata insignificante.

— La idea era irme sola ¡bestia! — le masculló.

— Qué pensarían de mí, un caballero, si dejara a una pobre dama rondar sola por las peligrosas llanuras del nuevo mundo.

— Creó que es mucho más descortés noquearme y secuéstrame.

— ¿Secuestro? ¿quién dice que es un secuestro? Como puedes ver estas más que libre de andar a tus anchas — Señalando otra vez la embarcación, le mostro una gran sonrisa —, además — agrego —, como era tu plan, este barco se dirige al viejo continente.

— Estas diciéndome… ¿Qué llegaremos a los puertos de España?

— Bueno, no precisamente.

— ¡Entonces a dónde demonios nos dirigimos!

— ¡hasta el estrecho de Bering! — gritaron en sintonía todos los tripulantes, mientras celebraban bruscamente.

Xoel le alzo la ceja y con una sonrisa torcida asintió en confirmación. El rostro de Danais se ensombreció y sintiendo su presión bajar, incluso por poco pierde la conciencia de la impresión. Dando tumbos hacia atrás se recostó sobre una bolsa de papas, mirando el mástil y lo que parecía ser la bandera de unos piratas.

— Me lleva el…

La razón de su exagerada reacción era razonable, considerando la historia. Después del gran hundimiento de los continentes en la guerra de las mil noches, donde gran parte de la Tierra fue tragada por el mar, otra se cubrió de peligroso miasma que podría matarte con solo respirarlo un par de minutos y gran parte de la zona tropical terminó cubierta por una enorme capa de nieve y ventiscas lo azotaban día y noche. Todo esto, en consecuencia, de la corrección del cambio del campo magnético, que se suponía se daría en miles de millones de años más, pero que por causa de las bombas magnéticas que fueron lanzadas por millones de magos, terminó desestabilizando las tres dimensiones el inframundo erebo, las tierras mortales y la tierra de los dioses de la luz el empíreo.

Incluso llegaron al extremo que, para evitar que la radiación solar y cósmica no terminara matándolos, se creó con núcleos de Mana de los últimos dos dragones, una capa de sombra que evitaba que los rayos del sol los aniquilasen, pero creando una zona tan helada en la parte tropical que se convirtió en un glaciar y dividiendo a los hemisferios.

Quizás eso haya sido ese drástico cambio climático, que esta aun a la esperar que el campo magnético se vuelva más estable; pero el nacimiento de aquel bosque de miasma era lo que muchos consideraban peor. Se comenta que dicho lugar como el más peligrosos por donde navegar, fue el lugar donde muchos de los soldados Shadows emergieron, el lugar donde la mayoría de las bestias e híbridos surgieron y es donde la misma puerta de inframundo se abrió para dar paso a sus esbirros, puerta que aún permanece ligeramente abierta, justo en el estrecho de Bering.

Danais palideció ante esta información, casi enloquece al

saber que se dirigía hacia uno de los más grandes y peligrosos lugares, el estrecho de Bering.

Negando con la cabeza, la que parece ser nuestra valiente protagonista, ni siquiera medito del peligro de viajar en un barco pirata ¡se lanzó sin pensarlo al mar!

Incluso yo, quien les narra esta historia ¡me sorprendí al verla saltar!

— ¡Está loca!

uno de los marineros más jóvenes gritó mientras veía incrédulo, como la joven se lanzó de cabeza al mar y el agua de una manera poco natural la recibió en su interior. Pero aún más sorprendente, fue como una bola gigantesca de agua se alzó sobre el mar y dentro de ella la joven trataba de nadar para salir de ella. Poco a poco la esfera de agua se posó sobre la embarcación y explotando como si fuera una burbuja, la chica junto a varios peces cayeron sobre la cubierta. La pobre se estrelló contra el suelo dejándola inconsciente, por tercera vez en menos de treinta seis horas.

— ¡Pudiste bajarla más suave! — el capitán de barco golpeó la espalda de Xoel.

— ¡Por favor, Jones! hace mucho tiempo no practico la Magia, estoy algo oxidado — jocoso le alzó las cejas al capitán.

El capitán negó con la cabeza — tu estarás lo que sea, menos oxidado — señalándolo con el dedo. Miró a los marineros cercanos y fastidiado gritó: — ¡que miran asquerosos rufianes! ¡limpie la cubierta! Y tú muchacho — palmeando la espalda del marinero más joven — cierra la boca, que terminaras ahogado.

El joven aun incrédulo, miró al hombre que recogía con poca amabilidad a la joven y como la llevaba a la misteriosamente, ahora seca mujer.

— Vete acostumbrándote. Ese que vez alla no es más que el legendario hechicero inmortal. — uno de sus compañeros más viejos le explico.

— Se supone que es solo un mito.

— Este es el único lugar, donde los mitos se vuelven realidad. — el más viejo le dijo al joven: — tan solo piensa bien a donde iremos, el único lugar donde nuestro capitán no quiere navegar, el océano ártico. ¡quizás si tenemos suficiente mala surte veamos también al Kraken! — el joven tragó saliva y con un silencio de muerte organizó el desastre dejado.

— Espero no morir tan pronto — se lamentó la pobre creatura.

Mientras descansaba nuevamente en un plácido sueño, Danais sentía que una voz muy conocida la llamaba, reconociendo la voz susurro "Anakarnia" llamo la joven esperando que la gran sacerdotisa le contestara. Sabía que el poder de Karnia era grande, suficiente como para comunicarse telepáticamente a grandes distancias, pero jamás pensó que pudiera llegar tan lejos.

« me temo que no soy a quien esperas, princesa» una melodiosa voz la interceptó en un espacio vacío. Flotando como una pluma en el cielo, Danais observó al su alrededor, pero no había rastro físico de quien le hablaba. Ella paso saliva y espero como siempre… lo peor. «no temas joven princesa, ciertamente no soy quien esperar, pero soy algo más que te guiará, que no te hará daño».

Una tenue sombra apareció sobre ella y una gran ventisca le obligó a cerrar los ojos, cuando esta ceso y vio la persona frente a suyo susurro «Anakar… no, no eres ella verdad»

« ciertamente no lo soy, jovencita»

La joven desconcertada miró a la mujer parada frente suyo, definitivamente se parecía mucho a Anakarnia, no, era Anakarnia quien se parecía a esta mujer. Cabello rizado, de un rojo cobrizo, con muchas pecas en su rostro y hombros, una mirada dulce y cuerpo hermoso. Sus ojos a diferencia de los de Anakarnia que eran azules, tenían un color negro, donde las pupilas no se llegaban a notar. Una característica especial que se designa a los Dioses. Con temor de respirar y salir del idilio, Danais miró con la boca semi abierta a la que suponía, era la Diosa del Aire.

«hoy he venido especialmente hasta ti, una de las herederas de los mensajeros de los Dioses y alumna predilecta de tu abuela, mi adorable hija Anakarnia; a tranquilizar tu corazón, sé que tienes miedo de ese hombre semi humano, con apariencia de una bestia, pero créeme cuanto te digo, que no te hará daño»

« ¿Por qué mi señora? Anakarnia asegura que es el de quien habla la profecía, pero jamás se mencionó algo que tenga que ver con él»

« mi niña, en cada línea que se recita en esa profecía, habla de él, todo sobre él o lo que él ha hecho o hará, ciertamente es una persona muy peculiar y con el paso del tiempo su carácter tal vez se ha retorcido un poco… algo similar a una bestia, pero creme cuando te digo que es alguien bueno y honesto»

« entonces ¿si debo entregarle el resto de los párrafos?»

« ¡oh no cariño! realmente tu decisión fue acertada, no es

necesario que se lo entregues… aun»

« ¿entonces cuando? Acaso sugieres ¿qué debo reunirme con él otras dos veces más?»

« bueno… sobre eso…»

Danais miró con descontento a la Diosa y esta forma descarada le sonrió. Danais era una princesa algo poderosa, quizás un poco (o quizás mucho) torpe, pero su inteligencia fue alabada por mucho de los sabios del imperio, además de su gran perspicacia. Era obvio lo que la Diosa evadía decir.

« ¿también es decisión de los Dioses… que viaje con él?»

« No de los Dioses, del destino mismo princesa»

« ¿Del destino? pero para eso debería tener también una profecía»

« y ciertamente la tienes mi niña, esa que le ocultas a ese hombre, también es tu profecía»

« los tres destinos» susurro en entendimiento. «Soy uno de los tres destinos que hablaba Xoel, una de las tres líneas profetizadas».

« En Definitiva eres lo suficientemente lista para entender lo que pasa princesa Danais» poniendo su mano sobre el liso cabello color azabache, con una contemplación maternal dijo: «cree en el destino princesa, los lugares por donde transites es porque el destino así lo quiere, así no sea tu decisión, así sea un camino que esa bestia te obligue a transitar, eso ya fue escrito. Además, si te escapas, serás devuelta con violencia por esa bestia, como ya te habrás dado cuenta» Danais frunció el ceño y con cara de pocos amigos asintió. «ciertamente es difícil de creer, pero ese hombre es uno de los hechiceros más poderosos de la historia, quizás podrías pensar en el cómo un mentor, digo, como para compensar la cantidad de veces que ha golpeado»"

« que ridiculez, un simple plebeyo ser maestro de una princesa»

« ¡oh, cariño! lo ridículo realmente es que un Dios sea maestro de una Humana, no importa si es el mismo rey»

Antes de poder preguntar a qué se refería, la Diosa del Aire desapareció como humo y la dejó nuevamente reposar de los maltratos físicos de aquel día.

LIBRE COMO EL VIENTO, DESTINO Y MENTOR

Capítulo 3. Estrofa tres, fuego.

Dentro del bosque del olvido,

donde los árboles arden eternamente

dejare en reposo mi alma.

Considerando la gran tormenta que azotaba el barco, el sueño de la princesa no parecía ser perturbado. Por otro lado, los sentidos de Xoel se crispaban de tal manera, que le ponía los pelos de la nuca de punta. Un sentimiento amargo se extendía en su piel cuando miraba a la joven, sintió una pequeña brisa que le recordaba la libertad y peor aún, a una pequeña granuja pelirroja.

La noche apenas empezaba a coger su mayor esplendor, a pesar de la gran tormenta que picaba el mar lo suficiente para obligar a los magos del barco utilizar Magia estabilizante. El capitán cantaba una canción prohibida y algo obscena a todo pulmón, mientras como mago de Aire, movilizaba los vientos que golpeaba la popa, aprovechando para aumentar la velocidad de la embarcación.

Xoel dando otro sorbo a la garrafa de ron que compró con el dinero que le 'encontró' a la princesa. El gran hombre durmió, sin siquiera imaginar las ideas retorcidas que el Aire le susurro a Danais. Supongo que era un pago adecuado que el destino determinó por el pequeño robo a la pobre muchacha, el destino lo aprueba.

Llegando al amanecer, Danais comenzó a retorcerse en su incomoda cama. Los sueños que empezaban a perturbarla desde que conoció a ese hombre, emergían en su subconsciente. Solo que en esta ocasión no era en medio del campo de batalla, ahora sus ojos lograban ver algo más increíble que esa horrible matanza. Enormes dragones y una especie de tecnología que no podría soñar jamás en sus sueños más surrealistas. Aunque ella misma se consideraba como un genio, sabía que su imaginación no podría crear tal paisaje, lo que confirmó aún más que aquello no eran sueños y quizás fueran premoniciones.

En esta ocasión, la persona que le prestaba sus ojos sostenía una copa de vino en lo alto, su brazo tatuado con marcas tribales característicos de la tribu Balliar, apreciando la copa de hecha de un cráneo de ninfa, casi transparente con algunos toques de plata, que aun estando vacía pesaba demasiado.

El que suponía era un hombre, por vergonzosas razones de su actuar; se levantó de la incómoda silla y le permitió ver el gran pasillo adornado con hermosas estatuas, decoraciones de materiales finos y pinturas que, si su memoria fotográfica no la engañaban, eran idénticas a las del palacio de su abuela. La gran sala de trono fue interrumpida por lo que juraría es el hombre más hermoso que haya visto en la Tierra y que podría aseverar su identidad, gracias al gran parecido de muchas de las estatuas erguidas en su honor, el Dios del Fuego.

Aquellas estatuas no podían darle justicia aquel adonis y sabias eran las palabras de tantos artistas, que afirmaba que sus representaciones eran solo una blasfemia de su nombre. Pero yo podría aseverarles que su gran belleza era igual de grande a su mala actitud.

«considerando lo que has logrado, pensaría que estarías bañado en buen vino y muchos cuerpos hermosos, envuelto en el placer de la carne» el Dios tomo la copa de cristal de ninfa dejado en el trono.

«¿considerando cuales fueron mis logros?» el hombre riñó con la voz más gruesa y potente que haya escuchado. El deseó de Danais de tocar su garganta se hizo perceptible, pero no manejaba aquel cuerpo, solo era una espectadora siendo capaz de sentir los sentimientos que nacían desde el corazón de su anfitrión, ira y depresión. «mis logros llevan consigo un rastro de... ¡sangre, vidas, reinos completos destruidos!»

«pero ¿acaso no fue este tu deseo?»

«¡NO ASI!» gruñó «¡lo que ustedes me prometieron!» señaló el lujoso palacio «¡no fue esto! ¡Yo no lo pedí! ¡ustedes víboras!... Fueron los que me engañaron, me manipularon e incluso las líneas del destino ¿y todo para qué? Si no lograron ni siquiera lo que querían»

«¡oh por el destino estúpido rey! ¿acaso nosotros pusimos en tus manos una espada y te obligamos asesinar?»

«¡Claro que sí!» gruñó el hombre. El Dios le sonrió incómodamente, sin negar la acusación. «manipuladores y traidores, estúpidos de aquellos quienes son tan necios como para venerarlos, siempre causando dolor y miseria donde posan sus miradas»

El dios del Fuego con una cara seria y un ceño fruncido tragó ligeramente saliva, la presión mágica que sentía le confirmaba lo que Caos había comentado, aquel que fue sentenciado a ser el unificador de los reinos espirituales y terrenales, no era alguien para tomarse a la ligera.

Danais sintió la furiosa tormenta de poder mágica que emergía del cuerpo de aquel hombre. Sintiendo tal poder fluyendo por sus manos, se sintió fascinada y deseosa de tener el dominio sobre él, pero a su vez sintió el terror de tener una fuerza aun mayor de la que ha sentido proveniente de las bombas mágicas. Entendió que ese poder podría matarla y deshacerla en un segundo, como aquellos en el campo de batalla.

«a pesar de todo, es lo que es, acéptalo y responsabilízate de las consecuencias» el Dios aclarándose la garganta, retomo su posición altiva y dijo: «Yo solo, en nombre de los Dioses…»

«me imagino que perdiste la apuesta de quien vendría ¿verdad?» regalándole una mirada lastimera al Dios, el hechicero retiró la Magia que estaba esparciendo. El Dios tambaleó.

«como sea, acá estoy … diciéndote» el Dios remilgó en cada palabra «que deja de esconderte en este bello palacio y sal para que por fin te corten la cabeza»

Thump, thump — thump, thump — thump, thump — thump, thump — thump, thump — thump, thump

Al sentir la profunda ira que recorrió todo el cuerpo de aquel hombre, Danais despertó de un golpe y casi sentada sobre su cama, tomo su corazón acelerado, la sensación de terror recorrió todo su cuerpo y alma.

Thump, thump — thump, thump — thump, thump — thump, thump — thump, thump

Su corazón no lograba darle paso a su cuerpo y con la sensación de muerte inminente, miró al hombre a lado suyo, acostado en su propia cama, con una botella de ron barato, eh ignorante de su precipitado sentir.

Y siéndoles sinceros, yo quien les cuento esta historia, me sorprende como ella no despertó con los ronquidos de perro ahogado que aquella bestia gruñía a cada respiro o como peor aún, aquella bestia no se despertaba de los ronquidos de aquella princesa con un probable linaje de ogro.

Xoel despertó al sentir como la princesa se movía en su cama, cuando abrió los ojos la vio ahogada mientras apretaba su pecho.

— ¡pero que rayos! — levantándose rápidamente, alcanzó a la pobre muchacha que estaba a punto de caer al suelo —. ¡¿qué te sucede niña?¡— preocupado por la joven, con su mano creó una corriente de Magia Aguamarina, la puso sobre el pecho de la joven y esta lentamente se recuperó. Con su respiración y pulso más calmado, miró a los ojos de aquel hombre y supo que todo estaría bien—. ¿estas mejor?

— Creó que sí.

— ¿Tienes idea de que te ocurrió? — la joven princesa se sentó sobre su cama un poco más calmada, tratando de darle orden a su ropa desalineada.

— Yo… yo no lo sé, estoy, bueno estoy…

con clara duda de como describir lo que le estaba sucediendo. Mirando a Xoel confundida y este devolviéndole el mismo sentimiento, decidió mejor guardarse aquellas extrañas visiones para cuando tuvieran más confianza, quizás ella, como su abuela, recibió el don de la premonición y lo que veía no tenía buena pinta.

Esa noche, no, esos días, desde que conoció aquel hombre miles de cosas le habían sucedido, cosas fuera de la norma. La Diosa del Aire le había sugerido que le pidiera ser su mentor, pero no comprendía para que o por que pedírselo, aunque definitivamente comprendía que este hombre poseía unas cualidades que no creería ver jamás en estos tiempos. El haber bajado de esa montaña en menos de unas horas, la forma en que la devolvió al barco después de saltar al mar, la habilidad que mostró de curación con una Magia medicá de un color que solo ha podido leer en los libros, incluso considerando la cantidad de veces que la ha dejado inconsciente.

Y sin querer ser pretensiosa, ella había demostrado a lo largo de sus cortos 21 años, poseer la capacidad de una estupenda guerrera, ella misma había ganado varias batallas con clanes guerreros que trataban de destruir su reino, sus maestros la alagaban diariamente por ser capaz de dominar los tres idiomas del viejo mundo, y no solamente eso, sino por ser la princesa más joven en dominar la espada y tres de los doce poderes elementales del mundo, el Aire, el Agua y el tiempo. Pero todas palidecían ante aquel desastre de hombre bestia.

Mientras Danais le daba una profunda mirada, Xoel sintió un escalofrió atravesarle la espina dorsal.

— Si no me quieres contar, no estás obligada hacerlo. — este le increpó quitándole importancia al tema.

— No es eso, solo que, no sé cómo decirte esto.

— Pues empieza como te he dicho desde que nos conocemos, desde el principio. Bueno, no tanto, mejor ve al punto. — Danais hizo una mueca ante el comentario y recordó con algo de dolor la última vez que no fue concisa. Su cuello ardió en respuesta, a pesar de ya no tener ningún rastro de la herida.

— En mi sueño la Diosa del Aire…—

— ¡aish! Ya sé por dónde vas niña, no seas estúpida, lo que te haya dicho esa mujerzuela, en definitiva, fue mentira, te está engañando y manipulando, estúpida de ti si consideras venerarla.

Danais se crispo al escuchar casi el mismo comentario en el mismo día, a pesar de la voz de aquellos dos hombres era diferente, uno siendo más heroica y la otra un poco más ebria. Por un momento consideró que aquellos dos eran las mismos, pero mirando sus manos, sin marca alguna, olvidó tal pensamiento.

— ¡por lo menos déjame terminar! ¡al parecer no soy la única con una mala costumbre! — Xoel resistió las ganas de voltear los ojos y de golpearla nuevamente. Con un gesto de cerrar la boca permitió que la joven princesa continuara — gracias. — Se acomodó un poco en la horilla de la cama y con un tono enigmático continuo —. Me dijo que no te diera las otras dos estrofas —, Xoel gruñó y antes de que empezara a gesticular Danais le gritó— ¡Déjame continuar bestia! — Xoel volvió a gruñir, pero se tragó sus palabras —. Me dijo que solo te las diera cuando me tomaras como tu alumna…—

— ¡eso es lo más estúpido que escuchado en mi vida! — sin dejar terminar de hablar a la chica el hombre estalló en una carcajada.

— ¡lo sé! — Danais carcajeó, acompañando al ambiente burbujeante — ¡eso mismo le dije a la Diosa! ¿Cómo iba ser posible que una bestia como tú, podría enseñarle algo a una de las princesas más fuertes del viejo continente? ¡simplemente estúpido!

Xoel y Danais rieron como locos, tan fuerte y alto, que aquellos que estaban cerca del camerino consideraron que enloquecieron.

— aún más estúpido ¿sabes qué es?

— ¿Qué?

— Qué creas que eres una de las personas más fuerte del viejo continente. — Xoel rio nuevamente, pero a Danais no le hizo ni media de gracia — ¡o mejor aún! ¡que quieran que un Dios le enseñe a una simple niña humana! — aun perdido en su risa, ni se percató que la joven había dejado de reír hacia un buen rato y su rostro no mostraba ni atisho de agrado ante tales comentarios.

Con un gesto torcido, ella incluso estaba aún más confusa por que el realizó el mismo comentario que la Diosa.

— ¿perdona, pero como es que es estúpido? Los Dioses solo toman de pupilos a sus propios hijos semi Dioses, eso lo sé, así que no veo como viene el comentario al caso, al menos que tu creas que eres un Dios.

— No creó, soy uno.

— Claro que no.

— Por supuesto que sí.

— ¡Obvio no! Si fueras un Dios… tendrías los ojos negros— Xoel le señaló su ojo izquierdo— los DOS ojos negros— ella le resalto. Xoel cerró los ojos y cuando los volvió abrir un mar profundo y oscuro le demostró a ella que ambos eran negros. Aunque acusarlo de ilegitimidad, estaba al tanto que no existía Magia alguna que pueda copiar tal efecto y tal sensación, ella en persona ya lo había conocido.

— ¿Ahora me crees?

— ¿uno de los doce? — trató te preguntar. Un fuerte dolor empezó a pulsar en su cien, algo recurrente en estos días, empezando a dar vueltas.

— Claro que no, ni consideres asociarme a uno de esos bastardos.

— Que estupidez, los únicos Dioses que existen son los doce, si no eres uno de ellos, entonces solo quedaría decir que eres... — al caer en cuenta de la posible gran figura frente suyo, abriendo y cerrando la boca varias veces antes de promulgar: — Massimo Eloy Di Benek, el primer rey de la casa Balliar, el hombre que se volvió inmortal — dijo y con incredulidad miró al despojo de hombre —, pero en ningún lado dice que su nombre sea Xoel.

— Bienvenida al mundo secreto del gran inmortal, Xoel Ad Deum — dijo con obvio sarcasmo —, el nombre que se me otorgo al volver la leyenda realidad.

— No comprendo — respondió insegura. Danais se recostó sobre la pared aprensiva —. ¿no era solo una leyenda? solo era un cuento de hadas, algo con lo que se agranda la historia de las Tierras de Balliar, del gran reino, de la unificación, una historia que se exageró para agrandar la gloria del imperio, del primer rey.

— Pues si exageraron un par de cosas niña y otras las ocultaron totalmente a su conveniencia.

Danais no podía creer lo que él decía, era inconcebible. Era entendible los sentimientos de la joven, creer de una sola sentada la existencia de la leyenda más importante de la historia, en la que se basaba todo el poder y gloria del reino de las altas Tierras de Balliar. El desconcierto de Danais se entrecruzaba con los ojos aun negros de Xoel, este permitió que la chica lograra acomodar sus pensamientos, después de todo no era natural aceptar un hecho de ese calibre tan fácilmente.

— lo siento, pero no — dijo llegando a una resolución la chica negó con la cabeza repetidamente —, no es posible, es algo imposible de creer.

— Para alguien que afirma haber hablado con la mujerzuela más poderosa de la historia.

— La Diosa del Aire — con rudeza le corrigió. Xoel le sonrió de mala gana.

— uno pensaría, que ya nada sería una sorpresa — remató con una sonrisa ganadora.

Danais observo la ventana y el amanecer. Mientras en su mente recordó lo que las palabras de la Diosa del Aire y que Xoel había repetido. Por supuesto aún tenía dudas, pero no había razón para no creerles o por lo menos hasta que le demostraran lo contrario. Incluso la idea de que este hombre fuera su maestro empezó a tomar un nuevo color, si el mismo gran rey Massimo; cuya corona encantada es quien elige a los reyes; era su maestro y aún más, si este ser que alcanzó la inmortalidad mediante las odas, además aparentemente ser un Dios, fuera su guía para mejorar; podría incluso ser considerada para ser la siguiente en sucesión, ella la cuarta hija y considerados por muchos, como una bastarda de sangre sucia, podría aspirar… no, podría ser la primera reina del viejo continente.

Los ojos de esa muchacha brillaron con codicia y malicia. Xoel reconoció en su mirada el mismo reflejo que los suyos. El casi podía escuchar los pensamientos de la joven princesa y para sorpresa de él, no le desagradó. Aunque no significaba que el fuera ser su maestro, pero antes siquiera de volverle a rechistar sobre el tema, las palabras de esa chica volvieron a retumbar en su cabeza.

"solo te daré los párrafos, cuando me tomaras como tu alumna"

Una ligera migraña empezó a escalar en su cabeza.

Oh pobre Xoel, como si alguna vez se pudiera liberarse de la telaraña del destino.

— Entonces ¿si serás mi maestro? — Xoel gruñó y Danais alcanzó a vislumbrar los colmillos afilados de la bestia. Ella en respuesta le dio una sonrisa amplia mostrando todos los dientes y al igual que él unos caninos le sobresalían.

con los dientes apretados y con un tono remilgoso Xoel dijo:
— sí.

— ¡Perdón! No te escuche bien ¿podrías repetirlo? — probando un poco su suerte y comprendiendo la buena posición que tenía, al secuestrar dos de los párrafos del edicto.

— ¡que sí joder! — casi gritó.

Danais con emoción se paró sobre la cama y aplaudió — ¿cuándo empezamos?

Xoel miró a la joven y cansado volvió a costarse, se echó la cobija encima y le refunfuñó: — ¡cuando ya no tenga alcohol en la sangre!

la chica se quedó mirando al inconsciente cuerpo del que parecía ser el mejor mentor del mundo y comenzó a considerar si su decisión fue acertada al pedirle a un ebrio que le enseñara. Negando con la cabeza espabiló y decidió dormir un rato más, a pesar de haber estado más de medio viaje inconsciente, sentía que el descanso había sido mínimo, aun si tener rastros de dolor físico, su energía y Mana se habían agotado.

OLVIDADO, MANIPULADO Y VENCIDO, POR EL FUEGO DE LA CODICIA.

Capítulo 4. Estrofa cuatro, caos.

Jugare con la muerte y el destino

y ellos serán mis padres,

desposare al tiempo como mi amante.

Exhausta por el esfuerzo físico, la chica se limpió el sudor de la frente con el antebrazo y lanzaba miradas venenosas al ebrio. Él estaba recostado en una banca de la gran embarcación. Xoel tomaba otro trago de la misteriosa garrafa de ron, que no tenía fin alguno mientras miraba el horizonte del mar.

Danais adivinó que él no le iba enseñar hasta que estuviera sobrio, cuando por fin terminara aquella botella de licor perpetua. Llevaba solo dos días de viaje en aquel barco y se esperaba llegar hasta el estrecho en catorce días más, con un par de paradas programadas.

El capitán esperó el fin de los incesantes alaridos de súplica, seguido de insultos de parte de ese par de polizontes. El entendió por su discusión que ese ser inmortal acostumbrado a estar solo y hacer lo que le reglada gana; accedió regañadientes ser el mentor de la joven dama.

Danais pensó cuando el capitán se le acerco, recibiría quizás palabras de ánimos, pero a cambio recibió el comentario más absurdo de su vida.

— Querida dama — le dijo dando una sonrisa amplia, permitiendo ver un par de dientes de oro y de lo que apostaría es hueso de ninfa —, no es por ser insensible ante tu dilema. Pero de acuerdo con el acuerdo con el inmortal, convenimos que nos dieras la paga por transportarlos hasta el estrecho.

— perdón ¿qué? — con clara incredulidad Danais se inclinó un poco hacia un lado —. ¿ese idiota no les pagó cuando embarcamos?

Señalando a Xoel que se encontraba riendo con un par de marineros en cubierta. El capitán negó con la cabeza.

— No querida dama. Les deje embarcar e incluso desviar un poco mi rumbo, por una pequeña deuda que tengo con aquel hombre. con referente al pago, él juró que tú lo darías.

— ¿y cuánto seria? — el capitán alzo 4 dedos y Danais consternada preguntó: — ¿cuatro monedas de cobre? — el capitán negó con la cabeza —, ¿de plata? — el capitán asintió con la cabeza —. ¡pero por 10 monedas de latón se puede viajar desde el viejo continente hasta el nuevo! ¡es una estafa!

— Joven dama nosotros no cobramos al por mayor. Y les ofrecemos toda la discreción del mundo para poder trasportarse.

Danais incrédula por lo que oía, miró nuevamente a Xoel, pero este había escapado nada más había escuchado al capitán cobrar su cuenta.

— Ese bastardo — murmuro —. ¿me darías un momento por lo menos? No me he bañado y aún estoy vestida igual que hace tres días ¡tampoco he comido nada! — lloriqueó mientras sentía su pegajoso cuerpo y el grujir de su estómago.

— Tranquila joven dama, desde que me pagues antes de llegar al siguiente puerto todo estará bien. — Con amabilidad el capitán golpeo la espalda de la joven —. ve y toma un baño — este le señaló un de las entradas del barco pirata — y la cantina queda en el tercer nivel abajo, cuando quieras ve y come.

Danais aun incrédula, bajó nuevamente hasta el camerino que compartía con Xoel. Rebuscando entre sus pertenencias, sacó lo poco que había traído a este viaje que eran cuatro mudas de ropa, dos botas altas y un par de artículos de limpieza. Pero ya no encontraba ni el abrigo con el que había estado en la montaña y mucho menos su monedero. Confusa revisó la habitación, percatándose que las pertenencias de Xoel tampoco se encontraban. Por un momento pensó que quizás los habían robado aquellos sucios piratas. Revolcando la cama de Xoel descubrió su monedero y dentro de esta una nota, cullo contenido provoco su furia.

«lo siento, con tu dinero compre una garrafa encantada de ron»

Temblando de la ira. Ella arrugó el pedazo de papel escrito con una caligrafía horrenda, típica de algún borracho.

— Ese bastardo.

con ira contenida fue en búsqueda de esa bestia, sin éxito alguno. Incluso los marineros con los que se topaba le daban pazo al sentir la furia salir de la pequeña chica.

Su cólera iba creciendo más y más. Llegando a su cúspide cuando al volver a su camerino, en la puerta de entrada encontró colgada de un gancho una bolsa de aseo personal y lo que parecía ser un cambio de ropa, acompañado de otra nota.

«no te enojes. Ve y báñate ¡aun que son piratas tiene agua caliente!

Y si, me gaste todo tu dinero y no, yo no tengo dinero.

El capitán Jones acepta trabajo manual como pago.

Pd: el pago solo es de tu transporte y comida, el mío es gratis. Y hasta que no calmes tu ira y mi perfecta garrafa de treinta galones termine, no te daré ninguna clase.

¡aprovecha para aprender nuevas habilidades, princesa!»

Indignada pateó la puerta que ya no se abria. Ofuscada tomo la bolsa con sus pertenencias y se dispuso a tomar un maldito baño.

En las duchas miró su cuerpo desnudo y mojado en el semi pañoso espejo. Se percató de la desaparición de diversas cicatrices que habían marcado su cuerpo. La mayoría en el pecho, espalda, incluso la que tenía en la cabeza cerca de la línea de cabello ya no estaban. Extrañada ante el suceso se tocó el cuello y recordó como esa bestia la había ahorcado hace tan solo unos días, pero ni siquiera un moretón le había dejado.

Ignorando aquellos extraños sucesos decidió tomarlos como una bendición. habiendo estado acomplejada por muchos años por las cicatrices producto de azotes que su padre en algún momento le propició; todo por culpa de su apariencia singular, cabello azabache liso, ojos almendrados y un color de piel ligeramente trigueño. Siendo diferente de la herencia de su padre, rubios, rizados y con ojos azules.

— Eres hermosa como estas, no es necesario que te repares tanto. — La melosa voz de una mujer semi desnuda, que la miraba sin pudor alguno asustó a Danais.

— ¿Quién eres? — tocándose el pecho por el susto retrocedió.

— ¿importa?

Danais observó a la hermosa mujer tomar una ducha, mientras ella se cepillaba el cabello. Incluso si quiso ser educada, no pudo evitar repararla. Su cuerpo era escultural y haría avergonzar hasta la mujer más bella del mundo, incluso consideró que la Diosa del Aire se veía algo insulsa en comparación, incluso aquel Dios del Fuego cuya belleza era más grande que las de muchas mujeres, era opacado ante ella. Pero no eran solo su apariencia abrumadora, sino porque en ella residían aquellos tatuajes que siempre veía en sus visiones.

Su memoria fotográfica le permitía decir acertadamente que efectivamente, eran los mismo. Pero lo único que no cuadraba era su género.

— Si sigues mirándome así, empezare a considerar que es una invitación. — Con una voz aún más empalagosa, la mujer le dio una mirada a Danais quien susurro una disculpa —. ese hombre con quien viajas, deberías escapar de él cuándo tengas la oportunidad.

Danais frenó su paso y volvió su mirada aquella mujer, que envuelta en una toalla se escurría el agua del cabello color azabache.

— No comprendo ¿Por qué? ¿no se supone que ustedes piratas lo admiran?

— ¿Esas sabandijas? Por su puesto que lo alaban, pero no soy uno de ellos —dijo volteando los ojos y cepillando su cabello miraba a Danais —, alguien como yo jamás pensaría en el como algo especial, más bien… una calamidad.

Danais consideró las palabras de la mujer y las del capitán jones, se suponía que ellos eran sus únicos polizontes.

— Si no eres una pirata entonces ¿Quién eres? ¿el capitán sabes que este abordo?

La mujer soltó el cepillo de su mano y con un tono brusco dije: — ¿Acaso dije que eso importaba?

Danais empezó a retroceder lentamente, cuando una enorme presión mágica empezó a desestabilizar sus pasos. La ahora transformada mujer, vestida con Magia y con los ojos de un Dios la miraba de arriba hacia abajo, con desaprobación y algo de asco.

— Tch — chistándole la lengua negó con la cabeza —. Y pensar que el Destino decidiera que tu fueras un lado de la pirámide. Esa maldita perra, siempre con tan mal gusto. Mirate, una mujer con tan triste apariencia, cabello negro descolorido, ojos de una forma y color común, una figura delgaducha y sin gracia alguna, con tantas cicatrices, que aun que ya no se vean, aun son perceptibles las de su alma, suficiente como para poderla considerar como un maldito esclavo.

Danais estando inmóvil por la increíble presión mágica que la Diosa ejercía sobre su cuerpo, era rodeada y evaluada cruelmente por la boca envenenada de la Diosa que, en comparación con la joven, podría considerar que es a ella misma a quien ridiculizada. Danais no había caído en cuenta, pero la similitud con esa Diosa era mucho más grande de la que podría imaginar, solo que ella era una versión más joven y un poco desarrollada de la Diosa misma.

— Como no puedes hablar, bueno, porque no te quiero escuchar, seré amable contigo y responderé esa duda que tienes en la cabeza. Soy Caos, la Diosa del Caos. Y en consideración a la persona de quien le heredaste esta triste copia de mi apariencia, te daré una advertencia.

tomando las mejillas con su mano con brusquedad, le enterró las uñas en los nacientes hoyuelos y le susurro con sorna:

— sigue con esa bestia y personalmente te llevare al infierno. — empujó a la joven.

La chica cayó de culo sobre las baldosas del baño, mirando a la diosa desde abajo, aun forzada por el poder mágico. Ella sintió que se ahogaba y sus células se distorsionaban.

» y dile a ese pequeño bastardo, que jamás permitiré de que salga de su tormento. — disparó de manera furtiva.

Con una pequeña distorsión del espacio, Caos desapareció.

Danais (ahora de costumbre) toco su pecho, sintiendo su palpitante corazón. Incluso ignorando las heridas profundas de sus mejillas, conocer a los Dioses se había convertido en un sube y baja de emociones, desde seguridad, ira y terror.

Matemáticamente hablando, la posibilidad de conocer a un Dios a lo largo de toda la vida era definida por la operación dada por los límites, con una tendencia entre infinito y cero, entre esos dos impresionantes números se encontraba y como tal, aquella operación finalmente da (…) en cero.

Danais consideró su futuro, dejando caer todo su peso en el suelo, extendió sus brazos agitada. Su cuerpo tembló, consecuencia del terror residual que había sentido con la sed de sangre que la Diosa del Caos había infundido sobre su alma.

En el pasado trató de cultivar una sensación de superioridad, con base en su estatus de princesa y de guerrera. En diversas ocasiones fue aplastada por el mismísimo Rey de las tierras de Balliar, pero incluso así jamás se sintió menos, inferior o solo una minúscula creatura; pero ese día su ego fue totalmente aplastado por esa Diosa.

— ¿Cómo lograré esto? — Tembló de terror se cuestionó en voz alta, tratando de respirar el poco aire que entraba en sus pulmones.

Decidiendo ignorar lo acontecido, Danais simplemente se limpió la sangre del rostro y con dos marcas en la cara, salió del baño directamente a la cabina del capitán.

— ¿Qué sucede joven dama? Te disté cuenta que esa bestia te robo todo lo que tenías. — El hombre ignoró los rastros de sangre en el bello rostro de la chica, le sonrió algo incómodo.

— ¿Cómo? ¡¿ya sabía?!

— ¿cómo no saberlo? — como una puya el capitán rio ligeramente —. Cuando ese bastardo sugirió que tu pagarías al retomar la conciencia y tenía en su mano una de las garrafas de ron más populares del puerto de Cartagena, aun sabiendo que ese hombre jamás conseguiría algo con dinero, me di cuenta de que la única forma es que te halla robado. — el hombre estallo en una carcajada.

Pero a Danais no le causó ni media de gracia.

— Entonces… sobre la cuota.

— ¡No te preocupes niña! Seremos piratas, pero no somos malas personas. Incluso en el pasado fui parte de la misma realeza. — con una carcajada que lleno el lugar, dejó aquel comentario en el aire. Danais vio con otros ojos aquel hombre —. además, jamás nos atreveríamos hacerle algo malo a la alumna del gran inmortal —. y con tal comentario, la buena impresión que tenia de aquel pirata, se esfumo como la espuma de mar.

Y así volvemos a retomar al principio, Danais realizando aseo junto al más joven de los piratas a la cubierta. Xoel terminando las pocas gotas de ron barato, miró a la joven sudorosa, con la cara colorada por el sol y casi (…) casi, sintió lastima. El alzó la garrafa como un brindis hacia Danais, provocando aún más la furia de la joven.

— ¡No me mires con odio, escuincla! —le gritó — ¡esta botella se terminará al medio día y en la tarde empezaremos tu dichoso entrenamiento!

— ¡eso me dijiste ayer!

— ¡esta vez es en serio! — agitando vigorosamente la garrafa —. y sino, que me parta un rayo si miento. —Carcajeándose tomo un gran trago de alcohol.

— Me parece que si habla en serio esta vez. — el joven marinero, de nombre Elian, trato de animar a su nueva compañera de tareas. Danais miró al joven pirata y suspiró.

Ella aprendió de aquel joven pirata que muchos de esos marineros no eran personas comunes. Eran magos de alto nivel, en su mayoría (B+), e incluso un par (A+), el nivel más bajo era de un rango (C—). Incluso aquel joven pirata, a cargo del aseo era un nivel B+. Elian le confirmó incluso a Danais, que la única razón por que lo aceptaron fue por su rango, además que tendría que limpiar toda la embarcación solo.

Danais empezó a tener vergüenza cuando el chiquillo ese, de tan solo 14 años le comentó sobre su rango. Sintió vergüenza de solo asegurar que a sus 21 años a duras penas había logrado un nivel (C—), empezó a sentir que no era tan buena como ella creía. En su reino la mayoría de las personas lograban solo el rango (C) cuando llegaban a los treinta y al rango (A) a los 40, incluso solo se consideraba capaces de lograr un rango mayor (A) aquellos que eran destinados. Sin embargo, en esa embarcación ilegal, esos bribones, maleducados y algo malolientes llegaban a tener rangos altos, incluso antes de cumplir treinta.

Mientras la chica se deprimía en sus pensamientos, restregando y enjuagando algunas puertas corroídas por la brisa marina, miraba de vez en vez con recelo a Xoel mientras ella charlaba animosamente con el joven Elian.

Como había prometido Xoel, aquella garrafa de ron barato se le acabó incluso antes de llegar el medio día. Se percató de ello gracias a la actitud de borracho de aquel hombre, cuando se acabó la última gota e irritado lanzó la garrafa con molestia hacia el mar, con gran velocidad la botella terminó cayendo a varias millas de distancia.

— ¿Cuánto tiempo te demoraras en estar sobrio? — cuestionó inclinada con el palo del trapero, la pelinegra observó a Xoel alejarse, caminando directamente hacia su camarote compartido.

— ¡A las 3 de la tarde! — gritó una pequeña mentira blanca.

Aquel hombre podría estar sobrio en tan solo segundos si quisiera, pero en un vano intento de lograr un estado de ebriedad, el ralentizaba su metabolismo lo máximo posible, pero, aun así, apenas lograba retener su nivel de alcohol en la sangre, en su máximo punto un par de horas.

— ¡más te vale empezar mis lecciones a tiempo!

Xoel levantó su brazo sobre la cabeza y con una señal de calma desganada se retiró a su camarote.

El joven pirata observó a la inusual dupla. La leyenda de hombre que tenía la misma apariencia de un oso, de quien contaban historias tan sub reales que pensarías que son cuentos para atemorizar a los niños desobedientes. Si no fuera porque el mismo capitán le aseveró quien era, podría dudarlo, pero al ver tal despliegue de poder, desde el mismo momento en que se subió a la embarcación él supo que "jamás debía ofender a ese ser", pero allí estaba también esa joven, con un aire de superioridad y nobleza al su alrededor, irritando una y otra vez a ese hombre. Ella quien aún vestida andrajosamente mientras limpiaba la cubierta del barco, emitía gran belleza, al igual que su propia arrogancia. La chica atacando, riñendo una y otra vez a uno de los seres más icónicos y poderosos que caminan sobre la faz de la Tierra, sin miedo y con la cabeza en alto.

Este pobre joven negó con la cabeza con incredulidad, aún más cuando la joven lanzó con Magia un poco de agua de mar para mojar el inmortal. observando la belleza de aquella joven, se cuestionó "¿por qué no se sintió realmente atraído por ella?". Atribuyéndolo a su obvia diferencia de edad, teniendo apenas unos recién cumplidos 14 años, supuso que no le atraían las mujeres mayores.

— Si mis camaradas vieran como tratas a ese hombre, caerían de culo. — Danais miró al joven que, aun fregando el piso, le increpó.

— Así es como se trata las bestias — murmuro para sí misma. Elian miró a la joven y alzo los hombros, no era de su incumbencia.

Tal como prometió Xoel a las tres de la tarde apareció en cubierta, Danais tenía la cara algo enrojecida por el sol, pero había logrado acabar sus tareas a tiempo para su prometida reunión.

— Bueno niña, primero que todo, olvídate toda esa mierda que te enseñaron sobre cómo se aprende Magia. — desdeñando la educación que se le fue impartida a la joven.

— ¡¿A qué te refieres?! La enseñanza de la Magia que se me fue impartida por los grandes maestros del palacio ¡es de la mejor calidad!

— ¡y por eso aun sigues estancada en el nivel C menos!

Danais lo miró con incredulidad

— bueno, yo … yo— tartamudeando y sin saber por qué se sentía avergonzada.

Ella si era un nivel C bajo, pero no entendía por qué trataba hacerla sentir menos.

» ¡el nivel c a mi edad ¡no es algo tan malo, por lo contario es extremadamente bueno! — después de gritar, tratando de defender su honor.

Xoel le alzó una ceja con incredulidad.

» ¡es enserio! La mayoría de mi edad aún no han llegado al nivel C ¡soy un genio sabes!

Xoel suspirando y negando con la cabeza trató de darle crédito. La mayoría de los conocimientos y métodos de enseñanza mágica había desaparecido después de su caída. Que ella llegara a tal nivel, con tan mal diseñada enseñanza mágica, destacaba lo que ella afirmaba, la chiquilla… quizás si fuera un genio.

— Bien, bien, te lo concedo — silenció las burbujeantes quejas de la joven —. puede que, si tengas algo de talento, pero solo quiero que entiendas que la forma de enseñar Magia actualmente… es un fracaso — afirmó y antes de que la joven pudiera siquiera rechistar, Xoel levantó la mano y la silenció —, acéptalo de buena gana niña, solo mira a tu alrededor, todos estos piratas mal hablados y burdos incluso tiene mayor nivel que los soldados del reino de Balliar.

— Bueno, no puedo negar que hay varias personas talentosas…

— ¡No son varias! ¡son todos! el que menos tiene es un nivel C menos, aunque no es que todos sean excepcionalmente talentosos, simplemente tuvieron la adecuada educación. Como ese chico Elian. — señaló al joven pirata que estaba siendo instruido por el capitán para que limpiara mejor el barco —, es siete años menor que tú y ya está a un nivel muy diferente. — Danais se encogió en su puesto abochornada —. Pero no es para que te sientas mal niña, es simplemente que él fue entrenado con el método mixto. Ciertamente no es de los mejores métodos, pero logra su cometido con mayor eficacia.

— ¿Y quién le enseñó ese método?

— Obviamente su padre. — Danais miró a Xoel con un gesto torcido.

— ¿Bueno… y a el quien se lo enseñó? ¿además dónde está su padre?

los niños de esa edad, no importa el lugar donde se esté, aún están culturalmente protegidos por sus progenitores. Ella tenía esa duda, pero no era capaz de preguntarle directamente al pobre muchacho, temiendo tocar un tema sensible.

— ¿Acaso no es evidente quien es su padre? — Xoel señaló con la cabeza a la interacción Capitán y limpiador.

— ¡No! ¿Su padre es el capitán? ¡Si no se parecen en nada!

El muchacho de cabello rubio azabache y ojos azules difería enormemente del que era obviamente un enorme hombre negro. "quizás se parezca a su madre" pensó acertadamente Danais.

— El pobre chico es adoptado niña. Jones lo encontró sobre una tabla flotando en el mar, después de que la embarcación donde viajaba sufriera un naufragio. La que parecía ser su madre lo tenía aun en brazos, un pequeño niño de cinco años abrazando fuertemente al cuerpo inerte de su madre. — sintiendo con pesar lo sucedido al pequeño niño Xoel desvió un poco la mirada. Suspirando prosiguió —. después de poner ambos a salvo de ahogarse, descubrieron que la mujer estaba gravemente herida, se especula que fueron atacados.

Danais se encogió de hombros avergonzada, un sentimiento bastante común esos días. Ambos guardaron silencio mientras observaban al jovial dupla padre e hijo.

— Y terminado de responderte — prosiguió rompiendo el tenso silencio —, quien se le enseño métodos de aprendizaje a jones fui yo. Cuando este era aún un niño, la pequeña sabandija logró sacarme información después de verme varado en una isla al sur de Argentina. Desde entonces ha enseñado a sus subordinados ¡para convertirse en una de las hordas piratas más peligrosas del nuevo mundo!

— Bien lo acepto, quizás si sea más eficiente, pero me tendrás que explicar por qué con el que aprendí no es correcto, no me gusta desechar algo sin antes comprender por qué no sirve.

Xoel miró con desgano a Danais, pero comprendió que con eso no habría discusión.

— Bien ¿si tienes lápiz y papel?

— No lo necesito, tengo memoria eidética. — Xoel miró a Danais fascinado.

— Tampoco te llenes de orgullo niña, yo también tengo y no voy por ahí pregonándolo.

Danais le torció la boca disgustada y Xoel empezó su explicación.

— Es simple, la Magia enseñada actualmente está destinada a la guerra, es poco inventiva y muy ortodoxa, es una doctrina destinada para matar personas, nada más y nada menos.

Mientras Danais asimilaba las palabras de Xoel, asintió con la cabeza.

» El método con que creciste solo era la Magia militar creada para los soldados, los métodos de su enseñanza fueron los que prevalecieron en el gentío común. Consecuencia de la gran guerra, por lo que no existía tiempo para complejos métodos de enseñanza, ni dificultosas técnicas mágicas diferentes que no sirvan o fueran totalmente efectivos para matar o sanar.

Danais tembló ligeramente ante la idea, ella, sus hermanos, su propia madre había aprendido solo Magia asesina.

— no te asustes niña, es solo lo que es, en fin. Estos métodos que parecen tener mucha relación con los Dioses solo son métodos sencillos de dominio de los reinos mágicos e ignorando casi por completo la capacidad de Mana interna. Solo escarban la superficie del reino, ciertamente puede ser útil para subir de rango, pero jamás se llega más allá de B + por su connotación militar y por dejar de lado cuestiones de fuerza interna, de la manipulación del Mana.

— Por eso es tan difícil subir de nivel después de D+. — ella acertó y Xoel asintió.

— Si te has fijado bien, tiene tres tipos: — Xoel empezó alzar los dedos explicando.

» Primero es la que se pone sobre ti, se tiene mejoras corporales, se pueden lanzar proyectiles de acuerdo con tu tipo de reino, el poder defensivo se eleva y algunos llegan a tener la capacidad de volar, en especial algunos de los reinos azul y otros del reino verde.

» Segundo es la proyectada, se pueden hacer hechizos ópticos, para fortificación contra ataque, para enviar señales y crear explosiones.

» Tercero es la que se puede hacer en una hora determinada, se puede analizar estructuras a grandes distancias, incluso lograr analizar la firma de los hechizos de magos circundantes.

— En definitiva… toda es Magia militar, pero no comprendo ¿a qué te refieres con los reinos mágicos? Nos enseñaron … solo las habilidades dadas por los Dioses.

— Ahora entiendes por qué te dije que olvidaras toda esa basura de enseñanza. Por la muerte de todos los Dioses, que les enseñan a estos jóvenes. — negando con la cabeza —. Ni siquiera lo más básico les enseñan. Los reinos son lo más básico ¡se les enseñan a los niños desde la cuna! ¿Esa bruja abuela tuya no fue si quiera de enseñarte lo más básico?

— No culpes a mi abuela, en el reino está prohibido hablar de cualquier tipo de Magia que no tenga nada que ver con lo enseñado por los sabios ¡deja de verme con ojos acusadores y empieza explicar!

— Tch… en fin. Los campos mágicos se derivan de las habilidades que los Dioses extendieron sobre el reino terrenal y espiritual. Cada Dios permite un tipo de Magia específica:

Reino de Magia Azul

Euriquinesis — Aire

Geoquinesis — Tierra

Piroquinesis — Fuego

Hidroquinesis — Aire

Reino de Magia Roja

Cloroquinesis — Madera

Negra — Caos

Conjuración — Muerte

Bioqionesis — Vida

Reino de Magia Verde

Nictoquinesis — Oscuridad

Ilusionismo o Blanca — Luz

Dimensional — Espacio

Temporal — Tiempo

— En su mayoría la Magia militar se basa en potencializar las habilidades básicas e innatas de los magos y ciertas habilidades inherentes a la naturaleza del Dios que lo favorece. Los colores de los reinos se dan por el tipo de aura que los magos expiden, incluso el nivel que alcancen solo es la expresión de la capacidad de compresión y de la profundidad que el tipo de Magia se estudie, contando claro con la naturaleza del propio Mana.

— ¿y el Mana que es? ¡Y no lo pregunto porque no lo sepa, sino porque quizás difería a lo que me enseñaron! — Suspirando Xoel negó con la cabeza.

— es la fuerza interna niña, es algo innato. Son esas características internas que nos permite manipular la magia. Veras, si pudiera comparar con algo, la magia sería el basto mar y el Mana seria ese recipiente con que logras sacar agua del mar. Entre más grande o con ciertas características más poder mágico lograras manipular. Incluso los dioses tienen mana, uno tan grande que podrían acaparar todo el poder mágico existente, si este no fuera infinito, claro está.

— O sea que tengo una buena cantidad de Mana ¿verdad? Porque para llegar al nivel que estoy con lo que me has explicado… debe ser por eso, así que no estoy tan mal… — sacando pecho, su orgullo relució.

— NO — le increpo Xoel —, tienes un nivel C, pero solo en compresión de una de las Magias burdas creadas, te falta la profundidad que esta implica y que jamás tendrá. — Danais hizo un puchero y frunció el ceño —. incluso se considera realmente un maestro del reino cuando se alcanzan los cinco principios básicos de la Magia: Ataque, defensa, sanación, creación y la más compleja, trasmutación. Y de estas se derivan cientos y miles más de habilidades mágicas, de las cuales, apenas y dominas actualmente unas pocas y de manera patética debo decir.

— Bueno no es para tanto.

— Claro que lo es ¿ahora entiendes la complejidad? Lo que sabes solo son lagañas del cuerpo mágico, las migajas que la guerra les dejó. Ahora sí. ¿está lista para conocer realmente los métodos más eficaces de aprender Magia? —Xoel miró a Danais con astucia, esta se emocionó ante la enorme cantidad de información nueva que se presentaba ante sus ojos, a su alcance.

ENEMIGA JURADA, RESENTIMIENTO, EBRIEDAD Y UN NUEVO MUNDO.

Capítulo 5. Estrofa cinco, Vida.

Renunciaré a la muerte

y con ella dejare mi alma

esperando la eternidad con la misma parca.

— Casi has asimilado gran parte de lo que te indique. Empecemos con lo más básico, determinar que Dioses te favorecen.

—Oh, eso será sencillo. Es evidente que Aire, Fuego y Tiempo, son las que aprendí desde pequeña. — con un Aire de orgullo se levantó del banco.

Xoel la devolvió de un empujón a su puesto. Se paró lejos de la borda y con un extraño movimiento, dio un pisotón sobre la cubierta, haciendo aparecer unas extrañas luces multicolor que creaban un entramado de líneas y círculos. Danais reparó que las imágenes que se creaban eran el complejo entramado de un pentagrama que se mostraba en las antiguas ruinas del palacio, el pentagrama de los 12 Dioses.

— ¿Cómo es posible? — aun con incredulidad observó el reloj que marcaba la orientación de los puntos cardinales, donde se creían cada Dios se mostraba.

— Ahora con esto, si podremos definir realmente que afinidad tienes en realidad. — Xoel mostro con orgullo el complejo pentagrama.

— ¡Este loco! ¿En serio crees que me voy a parar sobre eso?

— HAHAHAHA ¡es evidente que no! ¡Pero tengo la solución!

Danais se puso en cuclillas sobre el banco, creyendo que sería arrastrada a realizar algún acto sacrílego con dicho pentagrama. Pero por sorpresa de muchos, excepto de Jones, quienes vieron como una fuerza invisible arrastro al joven pirata, el cual, sin poder luchar, terminó cayendo de culo en medio del pentagrama. Las luces anteriormente multicolor se prendieron como una enorme fogata, dejando ver apenas una tenue figura en el centro.

Parpadeando como si se tratara de una aureola bolear en el cielo del pacifico. Poco a poco, la intensidad de las luces se volvió tenues, mientras que las 12 figuras anteriormente brillantes dejaban vislumbrar solo dos luces con mayor intensidad.

Xoel miró sin parpadear al joven muchacho, la singularidad de sus resultados le producían cierta inquietud, pero sus pensamientos se dispersaron cuando el espectro de color verde empezó a emerger con mayor fuerza, aún tenía un tenue color verde combinado con rojo, pero era lo suficientemente imperceptible como para poder ignorarlo.

— Si puedes observar, muchachita. — Xoel miró con

desprecio a la joven —. El circulo no te va a matar. Muy por lo contrario, muestra en primera instancia el origen de los reinos de los padres, aunque la verdad — dijo dándole una mirada significante a Jones —, es muy singular que aparezca este tipo de resultados…

Jones guardó en su corazón las palabras de Xoel, miró a su amado hijo y temió por él.

» Pero no es de que preocuparse. Lo verdaderamente interesante son los tonos de colores que aparecen de ahora en más, muestra el tipo de reino que perteneces y entre más intenso sea el color, será entonces el Dios que mayor favoritismo le otorgue.

— El verde… el reino de color Verde, los Dioses de la Oscuridad, Luz, Espacio y Tiempo.

— Así es jovencita y si miras bien — dijo señalando el símbolo que apuntaba al norte —, el tiempo es quien más ama a este muchacho. Lo que significa, que serias un gran controlador temporal… si tan solo tuvieras un gran maestro.

El joven que no había podido siquiera rechistar miró su alrededor aun sorprendido y al escuchar las palabras de Xoel su corazón se contrajo con emoción.

— Pero no te emociones, no quiere decir que yo te vaya a enseñar. — el rostro del pobre muchacho se oscureció —. pero dejaré con tu padre un pequeño libro de tiempo para que practiques. — guiñándole el ojo, vio como este nuevamente se regocijaba.

— No podemos aceptarlo gratis

— Obviamente no lo será, jones.

— ¡Oh! claro que no. — jones negó con la cabeza, evidenciando la obvia intención de Xoel —. sí crees que con esto conseguirás que te deba un favor, estas muy equivocado. Lo saldaremos aquí y ahora, tú — señalando a Danais —, tu pasaje por el crucero pirata ha sido saldado.

— ¡Espera! No puedes hacer esto.

Jones le sonrió con malicia.

— Puedo y lo hare.

sacando un pergamino que Xoel le dio al embarcar y que contenía la promesa de que Danais pagaría su transporte, junto el pago de la antigua deuda con Xoel. Jones le quito el libro de las manos a su hijo. Xoel palideció al ver el pergamino mágico aceptaba el libro como pago.

— ¡ese no era el trato!

— Debiste pensar eso antes de darle el libro al muchacho. — Jones se carcajeo mientras arrastraba hacia la cabina del capitán al chico con libro en mano, pregonando su victoria—. ¡has perdido el toque inmortal!

Xoel se quedó mirando por donde había desaparecido jones y sinceramente, eso no lo vio venir. Quizás si le afecto un poco el no haber estado distanciado de la sociedad durante esa última década.

— ¿Eso quiere decir que ya no tendré que hacer más trabajos manuales?

— Cállate mocosa y posiciónate sobre el maldito circulo. — señalando con alevosía el brillante dibujo.

Danais agraviada saltó desde la banca hasta caer en la mitad de la figura.

Una brillante luz, incluso más potente que la del joven Elian enceguecío a Xoel. El espectro de color azul se elevó por cielos dejando claro el parentesco de la joven con la Diosa del Aire.

Apretando la mandíbula con una leve señal de disgusto, miró a la joven y por un momento se vio tentado a preguntar por su madre, su hija. Tal sentimiento se desvaneció lentamente cuando el espectro color verde que señalaba al espacio se elevó junto a los colores del reino rojo que señalaba la muerte. El Corazón de Xoel se volvió a encoger, recordó a su ya casi olvidada y amada progenitora.

Sobre Danais se creó una enorme de pared solida que se intensificada con el tiempo. Ella esperaba que algunos colores desaparecieran para mostrar su reino predilecto, pero las luces no parecían atenuarse. Xoel le devolvió una mirada pesada y significante. Sintiendo palpitar con emoción su corazón. Se mordió ligeramente los labios y salió del círculo despacio, hasta llegar a los brazos extendidos de Xoel.

En el Corazón de Xoel, un sentimiento que había reprimido desde el día en que vio morir a su hijo, había vuelto a surgir. Una sensación de amor y saciedad que había intentado llenar desde hace siglos y que como le había presagiado Destino, solo alguien de su sangre lograría llenar.

Danais aun aturdida por el actuar de aquella bestia, acepto sin pensar aquel abrazo. Se siento impulsada a corresponder aquel hombre, que por un momento le mostró el rostro de alguien con el corazón partido, un hombre solitario durante siglos, un rey traicionado y caído. A sabiendas de lo que sabía de ante mano de él, del resto de la profecía y lo que su abuela Anakarnia le había mencionado, él era su abuelo.

Ella tampoco era estúpida, era evidente los marcadores genéticos de sus rostros, de su cuerpo, era imposible no pensar a estos dos como parientes consanguíneos, incluso se parecía más a este extraño hombre que sus propios hermanos consanguíneos, incluso que a su madre que resultaba la misma estampa que su abuela y por lo que vio con a la Diosa del Aire, comenzó a pensar que quizás ellas fueran hijas verdaderas de aquella deidad. Quizás por eso la enviaron con esa misión, quizás por eso su abuela le dijo aquellas palabras reconfortantes antes de partir.

«No le resientas, puede que sea un hombre áspero, pero él también es víctima de las circunstancias». Con su vista mirando el crepúsculo a través de las llanuras, su querida abuela se tocó el vientre suavemente, en señal de su ya nacida hija.

Sinceramente su deseo por partir no era siquiera mínimo, se vio obligada para evitar lo inevitable, la traición procedente de sus hermanos. Danais se mordió el labio ante el pensamiento y apretó un poco más su rostro en el pecho de uno de sus ancestros. Durante lo que pareció una eternidad, Danais trató de solventar un poco el tenso, pero acogedor momento.

— Al menos ahora si estoy segura de ser heredera del reino de Balliar — bromeó con tono jocoso.

Xoel carcajeó como nunca desde hace cientos de años, pero con verdadera felicidad y gozo. Su risa estridente llego hasta la última habitación del navío. Jones al escuchar aquella risa sonrió por un segundo. Fue tan potente y jovial la risa de Xoel, que las sirenas que habían rondado el navío siguiendo el poder mágico, empezaron a cantar bajo el Agua al compás.

— No seas codiciosa niña, que yo terminé traicionado hasta por el perro del reino. — aun jovial, bromeo con Danais, mientras esta se alejaba de él.

Dándole un par de palmadas en la espalda. Las luces del círculo empezaron a desvanecer, dejando una atmosfera cómoda entre este par de gotas de agua.

La Diosa de la vida, quien había observado atentamente aquel suceso. Revoloteó por la superficie del océano, aun siendo invisible los animales del mar, sus hijos, revoloteaban junto a ella, mostrando gran felicidad. Xoel viéndola danzar con la espuma del mar frunció el ceño, pero dejó pasar su presencia, ella siempre se asomaba para ver cómo estaba, como toda Tía que consiente a sus sobrinos.

Durante varios días, tanto maestro como aprendiz empezaron su propio ritmo de enseñanza. Entre gritos y regaños, además de un par de tentativas de asesinato, más de parte de Xoel que de Danais. Poco a poco, Xoel entendió que el poder que podía alcanzar aquella joven podía ser incluso mayor que el propio, pero la terquedad y torpeza de la joven era algo con lo que apenas podía lidiar el viejo hombre.

— ¡Acaso eres estúpida! ¿Qué tan difícil es entender los principios básicos? ¿Así te pregonas como un genio? ¡una bestia, eso es lo único que realmente te herede!

Aun con más rabia, el hombre le gritó a Danais después de fallar en trasmutación de energía básica.

— ¡No es que no lo haya entendido, es que tú no sabes enseñar! ¡Pregonas y pregonas, 'yo el genio inmortal a los 5 años ya sabía volar'! ¡Bazofia mentirosa!

— Primero, soy uno de los maestros más importante y buenos de la maldita jodida historia, segundo ¡yo aprendí a volar a los 2 años, niña fracasada!

— ¡Patrañas! ¡Desde acá veo tus mentiras! ¡Son iguales de feas a tu barba!

— ¡Es suficiente! No voy a soportar una muchacha malcriada y soberbia venga a insultarme, si quieres tentar a la muerte ¡te reto a que vengas acá con una real transmutación de espacio y me lo digas en mi perfecta y bella barba!

— Grrr— Danais gruñó con rabia y desesperó.

mientras una gran masa de Magia pura empezó expeler de las manos de Danais, la joven lenta y en un tono bajo empezó a recitar un conjuro que Xoel le había enseñado, capaz de transmutar el espacio enfrente suyo para lograr doblarlo y transportase con un simple hechizo. A pesar de que Xoel lo hacía sonar sencillo, la realidad era otra. De los cinco principios básicos Ataque, defensa, sanación, creación, la más compleja era la trasmutación. El simple hecho que Danais fallara en su primer intento no implicaba una falta de talento, simplemente era un conocimiento y habilidad que incluso, el orgulloso inmortal solo fue capaz de dominar despúes de 6 meses de largo esfuerzo.

Para sorpresa de Xoel, cuando la joven terminó de recitar el cantico, las cuerdas que conformaban la realidad empezaron a tambalear al deseo del poder. Tragó con nerviosismo y por un momento creyó que quizás esa niña era mejor que él.

"Stamine spatii ante me inimicus"

Cuando Danais gritó por tercera vez el hechizo, fue arrancada del punto espacial en que se encontraba y fue arrojada a doscientos metros por delante del navío, cayendo sobre las feroces olas que los habían azotado los últimos días.

Xoel aun desconcertado por la desaparición de la joven, miró a lo lejos donde el cuerpo de la chica había caído. Antes de saltar por su rescate, se detuvo benevolente mirando como la propia Diosa de la vida la rescataba del agua.

Danais se sorprendió al ser cargada en los brazos delgados de una blanca mujer, sus ojos oscuros sin fondo alguno le informó a su mente que ella era una Diosa.

La joven mujer le sonrió dulcemente a la muchacha, su mirada destilaba paciencia, serenidad y un profundo amor que jamás había sentido. Su cuerpo fue estrujado contra el pecho de la joven mujer, con cabellos y pestañas blancos, con unos ojos profundos negros.

— ¿Eres un Dios verdad? — la deidad le sonrió mientras aun volaban por los cielos, mientras varias creaturas y aves marinas que indicaban la cercanía con la costa jugaban a su alrededor.

La Diosa dejó a Danais sobre el lomo de una enorme bestia marina, una enorme tortuga.

— ¿Y tú eres sangre de mis hermanas?

— ¿Perdón? — desconcertada por la pregunta Danais miró a la hermosa mujer. — a que te re...— y antes de poder responder, la Diosa tomó el rostro de la chica entre sus delicadas manos y planto un leve beso sobre su frente.

— Eres sangre de mis amadas hermanas, eres vida de mis hijos y eres poder sagrado del destino, como tal, yo, la Diosa de la vida y la creadora de todo lo vivo sobre el plano mortal, te concedo mi afecto, a ti, mi amada sobrina, una alta resonancia con la Bioquinesis, además de tres habilidades de nivel máximo, transformación animal, persuasión y lecturas de Auras.

Habiendo terminado de susurrarle al oído, la Diosa desapareció del lugar dejando a una consternada Danais sobre el lomo de una enorme bestia, la cual empezaba a descender a las profundidades del océano. sacándola de su choque, una gran ola de poder mágico atravesó su pecho dejándola inconsciente y a la deriva en las olas.

El estado inconsciente de Danais, la llevo nuevamente a un estado inocuo de sus recurrentes sueños, pero esta vez logró ver algo mucho más aterrador...

Mientras caminaba lentamente por lo que parecía ser un capo de batalla, aún más grande que el de su primer sueño, corrían ríos de sangre y miles de cadáveres de todas las especies estaban tendidos sobre el suelo. El cielo de medio día, se tornaba rojo, el viento llevaba consigo aun el olor fresco del hierro de la sangre. Grandes explosiones se escuchaban en la lejanía. Por un momento miró sus manos y visualizó las mismas marcas tribales de los desencintes de Bal-liar. Ahora ella tenía algo de control de su cuerpo, pero aun así no era capaz de caminar. Un hombre se acercó lentamente a ella, pero no alcanzaba a reconocer su rostro, por su mente se atravesó el pensamiento sobre el cabello rubio de aquel hombre y de cómo este combinaba mejor con la armadura que el suyo. Ambos tenían la misma armadura.

«Querida sobrina, si te quedas allí serás asesinada por el Caos»

«eso jamás pasará» le respondió, aun si realmente comprender su respuesta. «pero deberías ayudarme, ahora soy yo, pero no mi yo de ahora … si me entiendes» el hombre rubio le dio una media sonrisa.

«tu ni yendo y viniendo, fuiste capaz de reconocerme en aquel entonces»

Por un momento sintió como su propio cuerpo quería dar una reacción de disgusto, pero la sensación de estar y no estar en manipulación de su cuerpo, seguía desconcertando a Danais.

«cállate, seré tu sobrina, pero aun sigo siendo quien te crio y ni así cuando te vi por primera vez fuiste capaz de reconocerme»

«o quizás solo fingí como la persona que me crio me sugirió» bromeó.

Ambos rieron. El distorsionado rostro del hombre se acercó a Danais y sin consentimiento alguno la puso sobre su hombro como si se tratara de un costal. La llevó hasta la tienda de acampar más cercana.

Allí fue donde se llevó su mayor sorpresa. Viendo a Xoel

estaba sin camisa, sin barba y con solo la mitad de la armadura puesta, sus dos ojos ahora eran negros totalmente y sus tatuajes triviales se hacían más prominentes y exactamente iguales que las de sus visiones pasadas, confirmándole que se trataba de él. Cuando fue dejada sobre una silla, también notó las marcas en las manos del joven hombre y empezó realmente a cuestionar su parentesco con aquel rubio.

«¿si estas usando la distorsión de tu rostro cerca de ella?» Xoel le interrogó al joven.

Mientras que Danais trataba de escudriñar en su borroso rostro, este le asintió.

Antes de que Danais pudiera siquiera cuestionar lo que sucedida fue empujada a la sobriedad de su tiempo. El rostro de Xoel se levantaba sobre el suyo, mientras que una luz blanca pasaba de la mano de Xoel hasta su cuerpo, haciéndola recuperar todas sus energías.

— ¿Qué rayos fue eso? — Musitó la peli negra mientras se incorporaba en la cama. Mirando a Xoel sintió un gran terror en su corazón, porque no sabía si lo que vio, era el pasado…o el futuro.

— Que te dijo esa mujer.

Algo descolocada Danais se demoró en responder, sintiéndose sumamente desorientada. Cuando sintió la mirada de Xoel exigiendo una respuesta.

— Nada, bueno, si me dijo algo, que… bueno — aun desvariando como de costumbre, se recostó sobre la cama nuevamente, poniendo sus brazos sobre el vientre —, me dijo que me daba su total afecto, además de una alta resonancia en Bioquinesis…

— Espera, espera. — le corto antes de que siguiera —. ¿Te dio una alta resonancia? Vaya, sí que es amplia esa mujer, aunque hubiera sido mejor si te dio habilidades.

— ¡Ah! También me dio de esas, me dio tres — dijo alzando tres dedos le mostro a Xoel — y de nivel máximo la transformación animal, persuasión y lecturas de Auras.

Xoel miró a la joven sobre la cama, mientras aun trasmitía una luz blanca hasta el cuerpo de ella, ayudándola asimilar el enorme baldado de poder mágico que la Diosa, quizás una de las pocas, que realmente respetaba le había regalado a la chica.

Ambos empezaron a bromear y hablar sobre lo sucedido, en un ambiente regocijante. Donde Xoel ignoraba esa picazón de orgullo al ver a su progenie sobrepasarlo en habilidad. Además, el de ella, al ver a un hombre que le había demostrado en terribles premoniciones una capacidad de destrucción Mágica inimaginable y de la posibilidad de verse inmersa en algo mucho más grande que lo que su abuela le había convencido, una enorme guerra, de la cual ella también será obligada hacer parte.

Durante los siguientes diez días restantes del viaje, Xoel vertió en la joven chica el conocimiento equivalente a una biblioteca de mediano tamaño. Aunque su enseñanza aún no estaba ni en un cuarto de ser completada. Ahora se podía considerar como una real maga de nivel C+, con verdaderas bases de los principios, no obstante, aún no terminaba de dominarlos. Ya contaba gracias a su habilidad de memorización la información necesaria, aunque de la teoría a la práctica era una historia totalmente diferente.

Descansando durante el año nuevo, pasaron un buen rato con los tripulantes del barco pirata. Entre risas, baile, comida y alcohol. Descubrió que ella no era la única mujer en aquel lugar, incluso la mitad de las tripulantes eran mujeres de diferentes razas, humanas, ninfas, incluso varios animorfos.

Aquella noche Xoel bebió lo suficiente como para lograr que

el mismo capitán Jones le sugiriera un nuevo contrato de deuda, tal fue la aversión de Xoel de aquella idea que terminó retirándose unas pocas horas antes del amanecer del primero de enero.

Danais embriagada por la atmósfera que jamás había vivido, se vio inmersa entre los cánticos y la comida, incluso se volvió un poco más amiga del joven mago quien había sido su compañero de tareas por unos pocos días.

Habiendo vivido arduas batallas, siendo arrinconada por su propio padre a liderar grandes batallanos de disputas de territorio. Enfrentándose a clanes rivales quienes añoraban las tierras del Rey original de Bal-liar, las de su abuelo. En muchas ocasiones insinuando el poco derecho de su familia de estar en posesión de la corona, al no ser realmente hijos del gran Rey, sino descendientes de unos quienes lo apuñalaron por la espalda, el gran Duque de Bretaña. Todo esto, con la esperanza de su padre y lamentablemente de sus hermanos, de que muriera en batalla, incluso debía proteger su espalda de sus propios soldados, apenas teniendo contados números de confianza, entre los miles de guerreros que comandaba.

Habiendo despejado un poco su mente y dejando atrás tales pensamientos se dispuso a disfrutar del momento, que ni siquiera estando entre sus propios solados había logrado tener, todo porque no podía confiar realmente en nadie, la posibilidad de que pusieran algún asesino o espía entre ellos era de cien por ciento. Ni siquiera lejos de casa ella podría estar tranquila, siempre vigilada y con enormes tentativas de asesinato.

Llegando el amanecer Danais se retiró en la proa del navío. El viento daba sobre su rostro devolviéndole un poco de sobriedad. Su corazón se empezó a estrechar, el dolor de crecer en una familia disfuncional, donde las traiciones, los inexistentes lazos de confianza y la falta de amor eran pan de cada día. Viendo a esta pequeña familia, cuyos lasos sanguíneos no entrelazaban realmente una unión, lograba mostrar tal nivel de carisma familiar que jamás había visto, ni siquiera en las familias nobles de su propio reino.

Su única fuente real de amor provenía de su madre y abuela, pero incluso estos llegaban a ser limitado, todo por las reglas de su propio padre. Las veces que podía ver a su amada madre, solo eran cuatro veces en el año y en su mayoría era en días de festividad nacional. El rey recelaba a todos aquellos quien se acercaran a su bella esposa, ella quien asemejaba la misma apariencia de la Diosa del Aire, lograba cautivar a todos los hombres del plano terrenal.

La obsesión del rey por su reina era tal, que llegó a divorciarse de su antigua esposa e inventando una loca trama, la mandó a decapitar. De su antigua esposa, quien había tenido tres hijos, los hermanos mayores de ella, Alexis, Marcus y Mariam, trataban a su hermana menor como una paria. Más aun cuando el mismo Rey la denominó la segunda heredera, por encima de Marcus y Mariam, aun después de haber nacido de cuarta, incluso… cuando todos la consideraban una hija ilegítima.

La interacción que tenía con su abuela, en cambio, era mucho mayor, pero esto solo se debía a sus encuentros secretos. La anciana mostrando una increíble habilidad de premonición, fue adoptada por el reino a pesar de no pertenecer a ningunas de las casas de Bal-liar, solo por su increíble habilidad Mágica. Danais había aprendido otro tipo de habilidades de la mujer, totalmente diferentes a los enseñados por los grandes sabios. Habiendo heredado varias de las habilidades de la anciana como la oniromancia y la creación de pociones.

Aun algo agraviada, recordando por qué aceptó esta misión, esperando poder alejarse de sus raíces y ganar fuerza para luchar por el derecho al trono. Enceguecida por los rayos del sol que golpeaban su cara, su cabello revoloteando por el viento. Solo se quedó mirando a las creaturas marinas que seguían el barco y escuchaba como las sirenas le daban un cantico arrullador, hasta que finalmente se quedó dormida recostada sobre la gran baranda.

Xoel no perdió de vista a la solitaria chica, queriendo acercarse a reconfortarla, pero con el pensamiento de que el fin de sus días se acercaba, se contuvo. No quería crear un lazo emocional fuerte con una joven con la que no podría pasar mucho tiempo y mucho menos quien estaba destinada matarlo. Por esta misma razón se había abstenido siquiera de preguntar por su madre, él sabía que era una niña quien había nacido y aunque contó con la posibilidad de contactar con ella, la evitó con todo su poder. El nacimiento de la madre de Danais fue algo que jamás había planeado y había sucedido en la peor época posible. El pensar en estar cerca de la pequeña creatura solo le recordó lo que podría pasar y él no estaba dispuesto a que su corazón fuera nuevamente roto por la pérdida de un hijo.

Días después de aquel acontecimiento y pasando por diferentes puertos, ya siendo el 10 de enero llegaron a su punto de destino, el cruce de Bering.

AFECTO Y RESONANCIA, GUERRA Y PROFECÍA.

Capítulo 6. Estrofa seis, Agua.

Reposare entre las tinieblas y la bruma del gran rio

mientras las almas en pena se lamentan

envidian y castigando mi destino.

Ya se habían despedido de todos sus nuevos amigos, incluso compartió con Elian una pequeña esfera de mensajes, que solo funcionaba cuando estaban en un radio de 500 kilómetros, pero que le serviría en un futuro, si llegaran a encontrarse de nuevo.

Tal como había prometido Jones los acerco lo más posible al estrecho de Bering, lo cual, en realidad, solamente era hasta la isla San Lorenzo a 200 kilómetros de distancia del punto de concentración de miasma proveniente del estrecho de Bering, justo encima de las islas Diomedes. Donde la gran puerta que da al inframundo aun desplegaba peligroso miasma y horrendas creaturas vivían.

Aunque la concentración de miasma solo tenía un efecto mortal en el radio de 100 kilómetros alrededor de las islas Diomedes, las ciudades cercanas que antes allí existían ahora eran colonias de peligrosas creaturas. Por lo menos en un radio de 200 kilómetros era suficiente para considerar que ibas directo a tu muerte.

Pero acá estaban ellos, avistando la plagada isla de San Lorenzo, ahora cubierta por una gran capa boscosa y enormes cráteres de agua hirviente. Danais espero a que se acercaran suficiente a la playa para poder desembarcar, pero cuando sintió que el bote empezaba a dar vuelta miró extrañada a Xoel.

— Ellos no van a arribar hasta la isla.

— ¿A qué te refieres? ¿Como vamos a bajar?

Danais miró a su nuevo compañero de aventura, mientras suscitaba el cómo pensaban bajar del navío, cuando sorpresivamente aquel enorme hombre la sentó en su hombro. La impresión de Danais cuando se vio por lo aires, mientras la embarcación aún se alejaba. Flotando Xoel se despedida de la tripulación. aun consternada por el estar flotando por los cielos se dirigieron hacia la isla.

Volando lentamente se acercaron hasta la orilla de la isla, Xoel descendió suavemente y Danais mirando aun el barco que se alejaba rápidamente por el horizonte sintió erizar la piel. Escuchando los violentos sonidos provenientes del bosque, recordándole el peligro que se les avecinaba.

— ¿En serio quieres que entremos allí? ¿Por qué? — lamentándose miró al enorme hombre parado en el umbral de la playa y el bosque.

Debido al accidentado viaje, Danais había perdido la oportunidad de siquiera cuestionar porque se dirigían allí. Mientras que Xoel también evitaba todo tipo de conversación que fuera remotamente con el tema de su visita al lugar más peligroso de la Tierra o por lo menos sus cercanías.

— Deja de lloriquear y vamos. — con voz de mando le ordenó, señalando el oscuro bosque.

— No hasta que me expliques con claridad porque nos trajiste hasta acá. Me voy a quedar para acá, hasta que hables.

— Como quieras. — Xoel ignorando a la Peli negra, entro al oscuro bosque, dejándola aún más consternada —. si te quieres quedar sola en esta playa, por mí no hay problema ¡será una buena práctica de tu Magia!

Recordando los terribles momentos que Xoel había provocado durante sus pocos días de enseñanza, tembló aterrada. El hombre tenía una forma de enseñanza demasiado peculiar, violenta e infame. Aun recordando esos métodos extremos, donde se vio enfrentando la fuerza de la naturaleza, Danais se vio obligada a seguir al fornido hombre.

El bosque de aquella isla, que se había formado unos cientos años atrás durante la corrección del cambio del campo magnético, que provocó la desaparición de los glaciares del norte y surgiera así aquella misteriosa selva tropical repleta de creaturas del inframundo. Hizo que temblara de terror, la chica quien había sentido la muerte de cerca por la bestial enseñanza de Xoel, empezó a creer en realidad el planeaba era asesinarla.

El calor del bosque hacia sudar como un caballo a la chica. Mirando a Xoel quien aún se veía impasible ante el ambiente hostil del lugar. El Bosque, que presentaba una alta variedad de extrañas plantas se encontraba inmutable, a pesar del ruidoso caminar del par.

— ¿Falta mucho? — algo ahogada por la humedad del bosque

cuestionó. Xoel negó con la cabeza — ¿entonces que estamos exactamente buscando?

— ¿Que te hace creer que busco algo?

— Eh... no sé ¿que no dejas de mirar a todos lados cada vez que das un paso?

— Yo sé a dónde vamos. Miró a todos lados para evitar las enormes bestias mágicas que nos rodean con una enorme sangre asesina. Si hubieras siquiera mejorado algo con lo que te enseñe mocosa, deberías por lo menos sentirlo.

Danais quien palideció con las palabras de Xoel, sintió como sus instintos se activaron súbitamente. Percibiendo alrededor suyo enormes firmas de Magia, firmas que jamás había sentido, no eran humanas, no eras élficas, no eran de ninfas, no era nada que jamás haya sentido alguna vez. Con una sensación nauseabunda, se sintió aprensiva ante las espeluznantes presencias, pero sus nervios se dispararon aún más cuando delante suyo, la firma de Mana más aterradora que había sentido en su vida sobresalía por encima de todas las creaturas de aquel lugar.

Sintiendo por primera vez la firma de Magia de Xoel, Danais trago saliva y se sintió un poco frustrada; a pesar de haber sido guiada en la Magia y hechicería por este hombre, no había logrado siquiera sentir un poco de su firma. Pero acá, rodeada por feroces creaturas, logro tocar un poco de su poder. Los más frustrante no era por el usa de su poder, solo era por la cantidad de sed de sangre que expedía para mantener a raya a los habitantes del bosque.

Habiendo caminado casi al centro de la isla; 74 kilómetros en casi dos horas; Xoel se detuvo abruptamente y señaló un pequeño claro en medio de la isla, con pasto y unas preciosas flores en su lugar.

— Dormiremos allí. Ya está anocheciendo y aun que para mí

no es un problema, tú te ves como si fueras a desmayarte en cualquier momento.

Ella quien no había sentido el peso de su cuerpo, se sentó en el suelo. Su cuerpo que hasta hace unas horas se sentía liviano y en buenas condiciones, empezó a dolerle, las coyunturas se sentían rígidas, sus músculos palpitaban y se contraían de dolor, su respiración se hizo pesada y sentía que la presión de la atmosférica empezaba a presionar aún más cuando él se alejaba de ella, mientras ponía una barrera mágica en la periferia.

— ¿Que …me …sucede?

— Estamos casi encima de la puerta del inframundo, rodeado de miasma. Aunque estemos a más de 200 kilómetros no va a volver el aire menos toxico.

— Dijiste que sería seguro.

— Jamás dije tal cosa.

Aun con ganas de quejarse, la chica se desvaneció. Xoel la vio caer sobre el suave pasto y extendió un poco más el hechizo mágico de purificación de miasma, para evitar que muriera.

Mirando su cuerpo inconsciente Xoel manipulo el microclima del claro de bosque, haciéndolo más confortable. La muchacha quien recuperaba poco a poco un buen estado de salud permitió que su cuerpo se relajara aún más. El sol de la zona polar, que no se ocultaba por completo, permitía deslumbrar la areola bolear.

☐   ☐

— ¿Enserio piensas dejarla en este lugar sola e inconsciente?

Un hombre con mechones azules y ojos negros sin pupila salió como si se tratara de una pantera del aire. Las gotas empezaban a remolinarse a su alrededor dándole un aspecto de pleitesía.

— No creí que fuera un problema si dejaba a esa chiquilla al cuidado del Dios del Agua.

El hombre sonrió con complacencia.

— El niñero más poderoso de la historia.

— Creó que ese sería yo y no tu. — Xoel bromeo y el Dios del Agua negó con la cabeza.

— Lo aceptare, solo porque ella es hija de mi hermana Aire, la cuidare.

— También seria magnifico que hicieras un poco de Magia curativa sobre ella. Aunque soy bueno en todos los reinos, por algún extraño motivo con la hidroquinesis siempre me he visto 'misteriosamente' retenido, por la FALTA de afecto de cierto Dios.

Xoel miró al infame Dios, que solo miraba el mar con desinterés. Carraspeando la Voz, el Dios del Agua miró sorprendió a Xoel.

— ¡Oh! Hablas de mí, claro que no, yo seguí a pie de la letra del edicto de Destino, pero eso no implicara que realmente me agrades. — El Dios del Agua siempre se sintió aprensivo con Xoel, por una pequeña riña que tuvieron cuando el inmortal aún era un adolescente, donde hábilmente engaño al Dios y consiguió la estrofa de la Oda de la Inmortalidad. Siendo esta la primera estrofa que Xoel consiguió y marco su destino con un nuevo Dios.

El hombre peli azul ignoro la réplica de Xoel y creando una singularidad se dirigió con dirección de Danais. Él viendo a la joven recostada sobre la maleza, la elevo en el aire y con las gotas de roció que lo rodeaban empezó a curar a la jovencita. El hermoso rostro del Dios se veía enternecido por la figura de la muchacha, la imagen del enorme y fornido hombre, cuidando a la pequeña dama provocaba una sensación cálida en el corazón.

Mientras tanto, algunas bestias que aún no eran alejadas por la sed de sangre del Inmortal se acercaban ligeramente entre los árboles de la periferia. Observando con curiosidad al peligroso ser que expulsaba un olor similar a su verdadero amo.

Aun sin las agallas de acercarse, varias creaturas demoniacas simplemente se arremolinan observando. Xoel los ignoro y dándole una última vista a Danais, encaminó hasta el extremo norte de la isla. Posicionado sobre la playa observó la enorme bola de energía roja, que hacía función como segundo sol, una enorme puerta de novecientos metros de alto se imponía sobre la isla más grande de Diomedes. Divisando con un hechizo de vigilancia la isla a más de cien metros de distancia, donde se distinguían cientos de cadáveres de monstruos y guerreros.

Modificando el espacio creó un salto temporal entre el punto que estaba y hasta 500 metros lejos de la puerta. Siendo teletransportado en un instante, sintió el pasar de la gran rafa de miasma maligno que se escapaba lentamente por la puerta. Un enorme soldado shadows cabalgando una bestia de hibrido entre un enorme felino y un troll, lo señaló con la enorme lanza que cargaba.

— ¿Quién eres humano? ¡Ningún ser mortal debe ser capaz de acercase a nuestro territorio!

Xoel quien miró al soldado quito la Magia de ilusión sobre sus ojos, la monocromía, rojo y negro profundo, le puso de pelos de punta al Soldado, quien desmonto rápidamente y terminó arrodillado.

El soldado quien había estado haciendo la guardia nocturna y era en realidad un bajo rango, empezó a cuestionarse su suerte ¿cuál era la posibilidad que el viera al Dios quien los invoco a estas Tierras?

— Perdóneme señor por no reconocerlo. — se lamentó el soldado, poniendo su puño sobre el corazón —. en que puedo servile.

— Largate.

El soldado shadows miró al Dios caminar hasta la puerta, sin ser mínimamente afectado por el miasma y por un momento se sintió absorbido en lealtad ciega. Negando con la cabeza, corrió con rapidez a informar a su superior y actual general, el rey del inframundo.

Llegando al enorme castillo fue detenido por unos de los guardias.

— Necesito ver al general.

— No tendrás una audiencia sin cita previa.

— Es una urgencia, un Dios acaba de descender frente a la puerta.

— Entre rápido. — comprendiendo la gravedad de la situación y al contrato de lealtad que impedía mentirse entre soldados. Apresuraron al joven hasta la habitación del rey.

El Soldado llegó hasta el altar donde el general del inframundo, el Caronte de las almas y el nigromante más poderoso de la historia. Aquel ser flotando sobre el altar en un estado total de inercia, para poder comunicarse constantemente con las almas del inframundo.

Antes de siquiera dar un paso adelante en la puerta, la

impasible mujer que flotaba en la inmensidad del miasma descendió explosivamente hasta el centro de la sala. Una mujer con un bello rostro y una tersa piel negra, vestida levemente con un manto de energía caótica, arrastrando unas cadenas que terminaban en pequeñas singularidades, pero que todos sabían estaban atadas a una enorme piedra angular en lo más profundo e inaccesible del inframundo. Ella al igual que todas las almas, monstruos y soldados Shadows no eran más que esclavos de los Dioses que los invocaron al otro lado la dimensión.

— General un…

«ya lo sé, sentí su llegada desde hace horas» el general se comunicó con el telepáticamente, ante la imposibilidad de poder hablar por la abrasiva mordaza en su rostro. «buen trabajo, sigue en tus rondas»

La mujer dio medio vuelta y entro por un portal dimensional, llegando justo enfrente de la imponente puerta. Ella sintió como sus cadenas eran absorbidas por la pequeña grieta dimensional que causaba la puerta entreabierta.

— Tiempo si verte portera.

«viniste a terminar lo que empezaste… inmortal» le contesto tajante.

— Sabes que eso no es posible, si intento darle fin terminaras muerta.

«ya estoy muerta»

— No, aun no. — le recalcó mirándola a los ojos.

«que es lo que quieres Xoel» sentándose sobre uno de los escalones frente a la puerta el general más poderoso del inframundo miró como el hombre se le juntaba. «pensé que te habías rendido después de tu gran derrota… incluso pensé que ya me habías olvidado. No te juzgo, yo haría lo mismo» mirándolo con tristeza la mujer toco su mordaza.

Xoel con un tono bajo le contestó: — jamás me olvidarlo de eso, ni mucho menos de ti Jamás olvidare lo que cause, jamás olvidare mis más grandes pecados.

«no te lamentes hombre» bromeo «gran parte de tu desdicha se debe a esa perra, la de los dos, se debe a ella» suspirando, la hermosa mujer toco su cabeza rapada, como parte de su esclavitud su cabello le era cortado cada semana, recordándole que la vanidad fue la que la llevo a ese suplicio.

Después de un largo y cómodo silencio entre los dos seres, los cuales estaban extremadamente cómodos entre ellos. Xoel se levantó de su lugar y miró la gran puerta, marcada con dos pentagramas, uno en su parte más alta y era el primer código mágico escrito para lograr transmutar el espacio entre dos dimensiones, en este caso entre el erebo (inframundo) y las tierras mortales. Y el otro creado sobre la puerta del inframundo que permite que las almas fallecidas pasen al siguiente plano y que generalmente solo era posible verla entre la zona rescindida entre ambas dimensiones, pero que ahora era fácilmente vista para el ojo humano.

La puerta apenas entreabierta y que permitía que el miasma del inframundo se filtrara, impedía aun que los seres del otro lado pudieran atravesar, desde que fue cerrada impedía el paso a cualquier tipo de ser, mortal o inmortal, divino o mundano. Dejando atrás a los seres que fueron arrastrados para formar parte de la gran guerra cientos de años atrás, impidiendo su regreso, pero permitiéndoles tener el ambiente en que puedan habitar.

A pesar de esta infiltración, la cantidad de miasma era incapaz de sobrevivir mas alla de mil kilómetros a la redonda y eso obligaba a los seres del inframundo mantenerse confinados a sus conquistadas Tierras.

A pesar de que el mismo inframundo era una extensión de la misma muerte, no era esta Diosa quien lo dirigía, no porque no pudiera, sino porque no le gustaba. La muerte era realmente la más indiferente de los Dioses, la verdad no le agradaba ese mundo alterno que su poder había creado, ella no era como vida, quien era sumamente fascinada por muchas de sus creaciones.

Su hermana, la cual siempre se proclamada como la mayor, mantenía fascinada del cómo todo lo que ella creaba terminaba en manos del inframundo. Al ver el poco interés de esta por siquiera darle un orden, creó con ayuda del destino una creatura capaz de manejarlo, así fue como nació Regina Inferis, La primera hija de los Dioses, pero sin las características de un humano y fuera de todas las normas de los vivos, lo que haría a Regina y a Xoel hermanos, siendo ambos hijos del mismo Destino.

Siendo ambos hijos de Dioses y seres profetizados por el destino, ambos compartían un estrecho lazo; que a pesar del crudo desenlace de la manipulación de Caos; resultaba aun en el cariño entre hermanos. A pesar de estar aun en caminos de enemigos jurados, su lazo no disminuía como esperaba Caos que sucediera. Caos siendo la real responsable y quien jalo los hilos para absorber el plano de vida y fusionarlo con el de la muerte, solo por aparente diversión, por aumentar el Caos en el universo.

Recordando la discordia sucedía unos años atrás sobre este campo de batalla. Él miró a su hermana y sintió vergüenza de su propia debilidad. Las cadenas que la ataban eran culpa de su propia arrogancia, esas cadenas debían estar atándolo a él y no a ella.

«deja de lamentarte en silencio, es espeluznate, lo hecho, hecho esta. Mejor apresurate a decirme porque llegaste hasta acá, tu presencia había estado en los trópicos invernales los últimos años»

— La treceava estrofa se está empezando a cumplir.

Regina mirando atónita, dio un paso hacia atrás tocándose la cadena que tenía en su corazón. Su respiración entrecortada y si no fuera por la mordaza una leve sonrisa de placer en sus labios.

«¿Por fin podre recolectar tu alma?» Xoel asintió con alegría nostálgica. «pero eso quiere decir… ¿tu pequeño hijo sobrevivió? Eso explicaría por qué el alma de mi sobrino aun no llega al inframundo»

El brillo de los ojos de Xoel desapareció por un momento, remplazándolo con el rostro de un hombre que perdió a su familia.

— No. El murió, lo vi. lo tuve entre mis brazos cuando dejó de respirar, cuando sus risos rubios que heredó de su madre perdieron su color, cuando esa bruja lo asesino. Además, el murió en el empíreo, quizás su alma fue absorbida por la luz y no logro volver a la rueda de la reencarnación.

«Quizás sea eso…» con cierta duda concertó. Con un rostro aún más serio Regina tomo las manos de su hermano «debías dejar de culpar a tiempo, ella sufrió tanto como tú la pérdida de su hijo»

Xoel sin ganas de discutir acontecimientos pasado, miró a su hermana mayor con seriedad.

— Es otro bebe que nació, no me entere de su existencia hasta que ella dio a luz a mi nieta, La bruja del Aire escondió su firma a tal punto que solo cuando estaba mi hija a punto de dar a luz, fui capaz de sentir el leve recordatorio de tener un hijo.

«Xoel…» con tono de preocupación Regina intento de abrazarlo, pero este con un gesto la aparto.

— Tiempo vino a mi cuando esta niña llegó a darme una nueva profecía.

«¿otra?» Xoel asintió «no comprendo, se supone que al estar borrado de las líneas…»

— Lo sé. — le corto —. Parece ser que mi nombre de Dios, héroe y rey desapareció, pero el nombre que me dio mi madre no. Finalmente, el edicto fue dado y esa niña la pusieran como vocera, aunque me temo la profecía se trata más de ella que de mi

«crees que también será usada»

— No creó, lo sé.

«¿no lo permitirás verdad?»

— Por supuesto que no, bueno — dijo mientras desviaba la mirada —, no lo sé, no sé hasta dónde llegara mi alcance. Después de convertirme en inmortal creí que todo sería más fácil, pero obviamente me equivoque. No se Regina, la verdad es que esa astuta chica ni siquiera ha terminado de decirme el resto de la profecía. — con jactancia sonrió a complacencia.

«por lo menos no es estúpida» bromeó.

— No, no lo es. En realidad, es muy lista. También tiene talento nato, aun mayor que el yo alguna vez tuve. Quizás dentro de unos años lograría vencerme con facilidad.

Regina rio ligeramente ante el comentario y la imagen del trasero de su hermano pateado. Xoel mientras miraba la puerta, empezó a recitar con voz vehemente nuevamente la estrofa de profecía que la niña le había dado. Y Regina escuchando inmutable guardó todas sus palabras en su corazón.

El treceavo es la respuesta y el tercer verso es la solución.

La historia cambiara desde sus cimientos y lo que fue roto será reconstruido.

El Caos volverá a su lugar y la muerte no será el fin.

Si el treceavo y el tercer no unen su caminó,

el fin del mundo nuevamente será escrito.

«espero poder ver eso ¿entonces ella sería la tercera ¿verdad? La tercera generación de los Dioses...» Xoel asintió. «yo me imagino que el tercer verso es el que esa chiquilla... de nombre» mirándolo, pidiendo más información con una ceja alzada hacia Xoel.

— Danais... Mauren Auri Danais di Lukene

«una princesa... el destino como siempre eligiendo a los menos esperados» riendo y negando con el cabeza continuo «¿entonces el Caos en serio se podrirá en su miseria?» jocosa preguntó.

— Quien sabe. — alzando los hombros, los dos seres sonrieron —. sería lo mínimo para esa bruja.

«pero aun no entiendo tu visita Xoel. Sabes que estando acá lo único que haces es tentar a Caos para empezar una nueva guerra y viendo esta puerta que apenas lograste cerrar... me temo que no tienes la fuerza suficiente para enfrentarte a un verdadero Dios»

— Lo sé, no tienes que recordármelo. — disgustado sacó de su anillo dimensional una llave y se la lanzo a su hermana.

Esta miró atónita la llave y negó con la cabeza «¡no! ¡no lo harás!»

— Es necesario.

«te hare daño»

— Lo sé. ¡Pero es necesario! — recalcó—, la única forma de enfrentar los conflictos que se vendrán es teniendo todas mis pertenencias.

A pesar de la simple explicación su hermana seguía negando con la cabeza molesta

— ¡entiende! Desde ahora es un punto cero, desde el momento que esa niña nació, desde que me vio y yo a ella ¡la línea del tiempo empezó a correr! Es la marcha final, mi marcha final y con la que lograr devolverte la liberad que Caos te robo.

«¡no! Si me quito la cadena de mi corazón, las órdenes de matarte que tan difícilmente lograste bloquear, creando este sello… es lo único que me ha permitido mantener cuerda, aunque aún escuche las voces que me quieren obligar a matarte, al menos no soy impulsada hacerlo. Cuando quite este sello y tomes lo que quieres, no podré darte ni un segundo de tiempo para escapar, te convertirás en presa de todos los seres del inframundo y el mío»

Temblando del terror al considerar de volver a estar en un estado de esclavitud de su alma, Regina se alejaba de Xoel aterrorizada y negando con la cabeza.

— Hermana, lo sé, sé que pasara y sabes que daría mi vida para revertir tu estado de esclavitud. Lo sabes — le dijo tomándola de sus hombros la abrazo —, pero esa bruja ya hecha sus primeros pasos, hace unos días apareció junto Danais, la amenazo y sabes lo que eso significa.

Regina se estremeció y alejándose de Xoel lo miró a los ojos seriamente

«ella está asustada» Xoel asintió.

Caos jamás había amenazado a nadie, jamás había pedido a nadie que retrocediera, jamás, ella solo iría y lo mataría. Pero ella había dado una advertencia y eso quería decir, que esa niña realmente será capaz de hacerla retroceder y devolverles una verdadera libertad.

Ante esa revelación Regina tomo la antigua llave y la introdujo en su corazón, miró a Xoel y con muto acuerdo entendió que no tendría tiempo para escapar, tendría que salir con todas sus fuerzas. Girando la llave, Xoel jalo espada semi invisible clava en el pecho de la mujer, sacándola del pecho dio rápidamente un salto hacia atrás y creando una singularidad dimensional salto hasta donde había dejado acostada a Danais.

El Dios del Agua sintió la perturbación en el espacio cuando una gran ola de poder y sed de sangre se expandió desde la puerta. Mirando a Danais, la bajó de sus brazos y la dejó nuevamente flotar en el aire, el dios desapareció con una singularidad.

Inmediatamente Xoel apareció y detrás de él una enorme ola de poder explosivo, capaz de podrir todo a su alrededor y el cual casi logro alcanzarlo, dañándole ligeramente la ropa que llevaba puesta. Tomo entre sus brazos a la inconsciente y suspendida Danais, salto con una nueva singularidad hasta tierras rusas. Estando a suficientes kilómetros de aquellas bestias enloquecida, que con un incremento de sed de sangre y disminución de conciencia trataron atacarlo.

HIJOS DE LOS DIOSES, HERMANOS Y ESPADA.

Capítulo 7. Estrofa siete, muerte.

Cuando caiga la noche entre los tiempos

mis ojos cambiaran

y verán los hilos del destino.

Una hermosa mujer con cabello negro y una apariencia bastante singular, la miraba en la lejanía. En la enorme pastura sentía un cuerpo correr agitado, jugando con pequeñas pixis que lo rodeaban juguetonamente. Aun cuando sentía cansancio, la alegría que su pecho exponía no era comparable con nada más.

Danais percibiendo claramente que esos sentimientos y sensación tan particulares, advirtió que nuevamente tenía una visión. Solo que, en esta ocasión, ella si estaba allí y ese pequeño niño, con similar apariencia a la de ella corría hacia ella.

Mirándola desde abajo, el niño de tan solo cuatro años jalaba la extraña ropa que llevaba, una bella falda de flores y una blusa con volantes.

— ¡Hermana! ¿Qué clase de Magia me enseñaras hoy? ¡¿Acaso me enseñaras a invocar a los muertos?! — emocionado jalaba su falda, mientras que sus mejillas sonrojadas, decoraban sus brillantes ojos color almendra con vetas verdes.

Reconociendo su propia apariencia infantil en este pequeño niño. Danais frunció la seño, desconcertada.

— ¡Xoel deja a tu hermana en paz! ¡Ahora ella no está acá! — mientras la mujer se acercaba lentamente, atravesando un pequeño campo de margaritas, mientras el viento hacia flotar su vestimenta, similar a la de Danais.

Mirando como la descalza mujer se acercaba hasta ellos, su corazón sintió un vuelco, los ojos profundamente oscuros, símbolo de un Dios, la hizo de cierta forma… sentirse nerviosa.

— ¡Pero Ama! — el pequeño corrió hasta los brazos de su proclamada madre. Alzándolo se le acerco a Danais con una leve y tierna sonrisa.

— Como siempre, a tiempo querida bisnieta.

— ¿Perdón?

— Oh, no tienes que entenderlo ahora querida, aunque conociéndote, me imagino que ya tienes una idea de que sucede.

Danais guardo silencio por un momento, abriendo una y otra vez la boca trato de decir algo, pero era verdad, de alguna forma sabía lo que sucedía. Y lo que implicaba que este pequeño fuera Xoel y esta Diosa su madre.

— Ven querida, acompañame a casa, según lo que me informaste antes de 'irte' me dejaste claro que te quedaste varias horas. Me imagino que ahora tu cuerpo está en un estado tremendo de inconsciencia. — la Diosa rio mientras miraba la desconcertada chica —. recuerda, no pienses tanto, solo ven, con el tiempo lo entenderás.

Danais siguió a la mujer por las pasturas y un tramo del bosque de pinos. Ambas caminando descalzas, lo que le permitía sentir el suelo y a su vez como su cuerpo de obedecía.

Llegando hasta una pintoresca cabaña del tipo campestre, con un juego de mesas para el jardín en la entrada. Mirando de un lado para otro, sorprendida por el bello y mágico lugar, un lugar tan diferente, tan natural, imposible en su tiempo. Cruzando con los ojos brillosos del pequeño que cargado en los brazos de su madre lo miraba con intriga. Así que ella observando a su abuelo cuando era un infante, sintiendo que todo estaría bien.

— Ten, esto te calmara un poco.

Ofreciéndole un té caliente, con suave olor a manzanilla, La Diosa miró con ojos enternecidos a su joven descendiente.

— Yo soy la muerte.

Danais se ahogó ante la declaración de la mujer, ella agacho la cabeza avergonzada por su descortesía.

— Y yo soy… — y antes de poder siquiera proseguir, la mujer le tomo la barbilla y la miró directo a los ojos.

— Se quién eres, mi querida Danais, se quién es tu madre, se quién es tu abuelo, incluso se quién es realmente la madre de tu madre, incluso se quién es tu verdadero padre. Aun que esos son secretos que te enteraras a tu tiempo.

Sonriendo, la mujer tomo amabas manos de Danais, las soplo ligeramente, con un aire de poder mágico lleno todo el cuerpo de la joven.

— Como tú bisabuela declaro todo mi amor por ti, te favorece totalmente y de acuerdo con el destino, te permito tener el poder al que estas destinado poseer. las líneas de la muerte empezaras a verlas y con ella permitirás el paso de mi más querido tesoro a mi reino.

— Mi señora.

— Dime abuela cariño, sé que ni llamas así a Xoel, así que dime abuela. — alejándose de la chica confundida. Limpió la cara de Xoel, la cual estaba embarrada con la crema del pastel que la Diosa le sirvió.

— Ni en todos los años de mi vida pensaría que criar a un niño sería tan cansador. — bromeo apretando la nariz del infante. Este le hizo un puchero y le planto un beso en la mejilla.

Danais quien miraba parpadeante al dúo, se dispuso a hacer la única duda que quiera resolver desde hace mucho tiempo.

— ¿Como es que estoy acá corporalmente, pero mi subconsciente no? Ya van varias veces. O es mi mente atrapada en el cuerpo de un hombre o soy yo en mi propio cuerpo, pero sin poder manejarlo, o soy yo… pero no yo en mi tiempo.

Señalando el pequeño Xoel y el significado de que sabía que estaba en el pasado, se levantó abruptamente de su silla. Ya no le importaba si se enfrentaba a una Diosa, ella quiera respuesta.

— No te puede responder toda tu pregunta querida. — mirando con tristeza a la muchacha, le susurro algo a Xoel y este salió a jugar a fuera de la casa —. es algo muy complicado de explicar y tu tiempo acá empieza agotarse.

— Entonces… inténtenlo, soy más lista de lo que me veo.

— Entonces te diré lo único que por ahora necesitas saber… existe una brecha espacio temporal que crea ciertas singularidades.

Veras la Magia es algo muy particular, en ocasiones como esta se presenta como quiere, incluso algunos de los Dioses la consideramos como si fuera un ser vivo más.

La diosa negó con la cabeza y considero que sería más sencillo solo mostralo. Ella adelgazo tanto la realidad que le permitió a Danais por primera vez, lo que sería la división entre los tres grandes mundos que conformaban su realidad, el mundo mortal, el empíreo y el erebo.

— Ves esto — dijo mostrando como si se tratara de varios desgarros en un telón, que absorbían a su vez la luz —, esto es un deterioro del mismo universo. Después de la gran guerra, una de esas consecuencias que los seres vivos realmente no fueron capaces de ver, eran estas fisuras, que provocan una gran inestabilidad de esta realidad.

Tomando una pausa y mirando entristecida a uno de los causantes de este gran problema, su pequeño hijo.

— Con el paso del tiempo se va decayendo más y más, a tal punto que la Magia, como organismo vivo que solo existe en esta Tierra, empieza a enredarse consigo mismo. Haciendo que incluso los poderes de varios Dioses que tiene su propio reino mágico atado a este mundo empiezan a fluctuar sin control.

Cerrando la grieta se sentó nuevamente e invito a Danais acompañarla en el pequeño comedor de la cocina.

— Eso provoca muchas inestabilidades con el tiempo y el espacio. Y al estar tú también atada a estos dos, al igual que otras personas más, terminas saltando en el espacio, una y otra vez. En ocasiones será tu alma, almacenada en un cuerpo que asemeje tu corazón, en otras serás tu cuerpo en el futuro o el pasad, y tu alma del presente, otras será tu enteramente. Como en esta ocasión, ahora estas acá, porque lograste controlar esos saltos, pero también tu alma en otro momento del tiempo esta acá, porque la misma línea de tiempo se cruza de manera descontrolada. Pero no tienes que temer, porque incluso esto te permitirá tener una visión aún más grande, para que llegues a tu destino.

— Eso suena perturbador.

Aterrada por las palabras de la Muerte, empezó a hiperventilar. Era un enorme flujo de información que estaba entrando en su mente. Y sin contar la bendición de la Diosa que provoco que el cuerpo que le responde con tanta facilidad, empezó a rechazarla, mareada se trastabillo hasta alcanzar la repisa de la cocina. Tomándose la cabeza vio como la muerte miraba preocupada. Su alma al igual que sucedió con la bendición de la Diosa de la vida se sentía arrancada de su cuerpo y a la vez devuelta su línea de tiempo.

Aun recordando las últimas palabras que entre su semi inconciencia Muerte le gritó:

— ¡Dile la segunda estrofa a Xoel!

Despertando alterada se levantó de un brinco, mirando nuevamente perpleja por su nuevo paradero. A su alrededor una carpa la rodeaba, saliendo de esta vio en la semi oscuridad a un enorme hombre, con barba y ojos heterocromáticos jugando con pequeños espíritus del fuego, mientras hacia la fogata.

— ¡Hasta que la bella durmiente despertó! — celebro Xoel alzando los brazos, las pequeñas pixis de fuego revoloteaban a su alrededor, al igual que cuando era un niño.

Danais empezó a sentir un fuerte sentimiento de angustia y sus ojos se llenaron de lágrimas. Felicidad y zozobra atravesaban por su mente, al igual que su cuerpo. Con un frenesí de pensamiento comenzó a cuestionarse si lograría ese transepto, esa aventura.

— ¡Respira niña! — Xoel preocupado, viendo el estado colapsado de la joven, la llevo hasta la fogata y la sentó sobre un acogedor abrigo de oso y empezó a llenarla de poder curativo para que volviera a un estado más apacible.

Sintiendo el mariposeo de un nuevo poder en el alma de la chica, Xoel la observó interesado, ese poder, que no había sentido desde hacía tiempo… una sensación de calor se propago por el cuerpo de Xoel, como resultado de ayudar absorber el poder a su nieta. Como si se tratara de un cálido abrazo, el poder mágico de la muerte lo envolvió nuevamente en su seno.

— Creó que conocí a tu madre…

Xoel en un estado de éxtasis por el cariño que no había podido sentir desde hace siglos. Se enderezo abruptamente y miró a la joven.

— Es la muerte, tu madre es la muerte… ella es muy agradable. — mirándolo absorta.

— Si… ella es una mujer muy agradable. — concertó —. y como la conociste, si has estado inconsciente desde hace varias horas.

— No lo sé, bueno, tu madre trato de explicarme, pero aún estoy desconcertada con algunos puntos.

Ambos quedaron en silencio por un buen rato, mirando crepitar la madera encendida en el fuego. Mientras que las pequeñas pixis aun revoloteaban alrededor de ambos.

— También te conocí cuando eras un niño. — anotó Danais a la extraña conversación.

— ¿Cómo así? — aún más perplejo Xoel miró a Danais,

exigiendo más información.

— Creó mi alma está viajando por el espacio tiempo y estoy viendo cosas que pasaron o que pasaran.

— Danais. Será mejor que trates de explicarte mejor, porque a pesar de que medio te estoy entendiendo, no me gusta el significado de ninguna de tus palabras.

— ¡Es que yo tampoco entiendo!

— Pues trata de explicar desde el maldito principio! ¡Que jodidos te he enseñado en estos días! ¡Eres estúpida!

— ¡No me llames estúpida, estúpido!

Discutiendo sin sentido, como ya habían acostumbrados desde hace varios días, ambos terminaron riendo. Con el aire menos tenso Danais tomo fuerza y empezó a explicar desde un principio cada visión que había tenido.

Xoel escuchando atento tensaba la mandíbula al escuchar relatos que ella estaba viviendo. Su preocupación aumento aún más cuando relato su penúltima visión, donde estaba junto a él y otro guerrero, sumidos en una batalla. Lo único que le mostraba era un futuro poco alentador.

Cuando llego por fin hasta el encuentro con su madre, Xoel en sus recuerdos, en su memoria eidética miró a la joven quien relataba a historia, que describía con gran detalle la experiencia vivida.

¿Cómo pudo haberla olvidado? Su apariencia en aquellos años que la conoció cuando era niño, se veía un poco más envejecida y sus ojos no eran los mismos que tenía ahora. Ese color ámbar, similares a los suyos cuando era un niño, color avellano, habían cambiado totalmente, eran los ojos que lograban llegar a la cúspide de los reinos. Incluso el manifestaba dicho aspecto, ojos de iris roja.

Los recuerdos de su niñez le llenaban cada espacio de su corazón. Aquella mujer, que solía llamar hermana mayor, con símbolos tribales distintivos de la casa de Balliar que el mismo fundo y cullas marcas fueron la fuente de inspiración para crear un mundo nuevo, un mundo justo.

Xoel se resistía a pensar que aquella niña torpe, que incluso trato de asesinar varias veces, era en realidad su maestra. El tiempo y el espacio eran impredecibles, esa fue la primera lección que recibió de su ella. Y él ahora estaba allí, comprendiendo a cabalidad lo que le había tratado de enseñar.

Cuando Danais terminó de hablar Xoel la tomo en sus brazos y la abrazo. Esos sentimientos, que pretendía contener, el amor que tanto se quería desbordar, por su amada nieta… por su amada hija. Empezaba a florecer como aquel campo de margaritas donde la conoció por primera vez.

Danais aún más desconcertado por los dos extraños días, le respondió con un tenso abrazo a Xoel, después de un rato sintió su cuerpo relajarse y dejarse inundar del aprecio que aquel hombre le emanaba.

— ¿Ahora si me quieres explicar que está sucediendo?

Danais sin querer dañar el ambiente, pero sintiéndose ya ahogada por el olor a sudor del hombre, quiso retomar la conversación. Xoel rio regocijado.

— ¡Yo creo que ya entendiste todo niña!

— Claro que no, quiero que me expliques como es que con tu memoria ¡no fuiste de reconocerme si me conociste cuando eras un niño!

Xoel carcajeo fuertemente por largo rato y palmeando la

espalda de Danais evito la pregunta.

— ¡Eso no es algo que debas saber ahora! ¡Tiempo al tiempo, dijo mi amada madre!

— ¡Xoel! — le reclamo, pero fue nuevamente ignorada.

Suspirando Xoel meditó por un rato las palabras de la chica.

Si lo que su madre menciono cera cierta, los daños al mundo (de los cuales la tenía cierta cantidad de responsabilidad) la estabilidad dimensional quizás fuera una de las explicaciones del porque no fue capaz de cerrar esa maldita puerta. También explicaría varios sucesos durante la guerra, donde perdió momentáneamente su cordura y conciencia. Mirando el estrellado cielo, suspiró.

— La verdad es que, creó que mi madre tiene toda la razón. Pero no creó saber la forma de arreglarlo. ¿Si es algo que incluso los mismos Dioses del tiempo y el espacio no son capaces de manejar, ahora que podríamos hacer nosotros?

— Entonces que hare si me sigue sucediendo.

Xoel tomo profundo aire en su pecho y poniéndose de pie, con una pose de héroe, miró al cielo y trato de alcanzar una de las estrellas con su mano.

— Creó que tendrás que aprender más rápido el manejo de los reinos y sobre todo el del tiempo y el espacio. — concluyó.

— Pero dijiste que esos eran los más complejos y que aún no estaba preparada!

Xoel miró como de costumbre, con una loca mirada y una tenebrosa sonrisa a Danais.

— Oh, no, no, no ¡no! — negando y retrocediendo sentada

sobre el abrigo, Danais se alejó aterrada —. no más entrenamiento infernal ¿Por qué no puedes enseñarme como alguien normal?

— no temas pequeña, con el entramiento super efectivo del maestro Xoel ¡lograré que domines en un nivel decente los 3 reinos!

Riendo con sevicia, Xoel arrastro por el brazo a Danais.

— Espera, espera — le rogó tratando de ganar tiempo Danais señaló la increíble ondulación mágica que sentía en la espalda de Xoel —, primero cuéntame que es eso.

Xoel miró sorprendió, porque se supone que nadie, quien no tuviera realmente un enlace directo con Caos, podría ver y menos sentir esa espada.

Tocando la enorme espada en su espalda, la empuño con por una de las vainas más grande. La enorme espada, que lograba medir casi dos metros, empezó a brillar con una hermosa luz azul entre ambos filos. Dejándola flotar en el espacio se el mostro Danais.

— ¿Hablas de esto?

— Que espada más horrenda — puntúo Danais mirando el burdo y para nada combinado estilo —. pareciera que hubieran recogido las sobras de alguna herrería y volverían varios buenos artículos en uno.

Apreciando la espada que parecía una manta cocida con trozos de trapo, trapos de gran calidad. Xoel escuchando las burlas de la joven, abrió sus ojos indignados, puede que sí, su espada no era la más armoniosa en el estilo, pero eso no era su culpa, él no era un herrero y cuando la creó solo tomo los insumos que Destino le sugirió.

— Óyeme, su estilo no disminuye su poder.

Tratando de disminuir el menosprecio de Danais, Xoel potencializo un poco el poder de la espada. Esta empezó a emanar una gran ola de energía, que por poco deja inconsciente a nuestra protagonista.

Danais trastabillo hacia atrás y entrecerrando los ojos por la incandescencia de la espada, los destellos obligaron a su memoria, repasar las imágenes de aquellos sueños, que ahora sabe son singularidades tiempo espacio, que tuvo al comienzo de esto.

Al que creía era Xoel blandiendo una espada igual a esta, manchada de sangre y astillando los huesos de sus enemigos. La sensación de tenerla entre sus manos, cortando la carne en ese campo de batalla se sentía tan vivido, una de las maldiciones de la memoria eidética. Y sin poder controlarlo, nuevamente el terror inundo su corazón, tal como aquel día en que lo conoció a caos y por poco vio la muerte.

Retrocediendo con un rostro que solo vislumbraba el estallido de enormes bombas y de sangre caliente corriendo en su piel, Xoel vio como el terror empezaba apoderarse de esa niña. El conocía ese rostro, el rostro que muchos de los que había asesinado en el pasado ponían cuando veían su espada a punto de cortar su cabeza.

Sin saber realmente que hacer, Xoel alargo sin intención alguna de tocar Danais, al ver que ella miraba con terror era la espada y no a él.

De un momento a otro vio como el rostro de la joven perdía expresión alguna y un rostro calmado y sereno miraba con curiosidad la espada. La espada, que generalmente generaba una luz azul neón, el reflejo típico del Caos, que es su verdadera fuente de poder, poco a poco empezó a verse de un color que jamás había visto, una luz blanca.

Danais se acercó a esta y cuando menos lo pensó, Xoel vio como la chiquilla empuñaba con facilidad la pesada y poderosa espada. Además de cómo está la recibía.

Tiempo atrás muchas personas habían tratado de tomar su espada, pero siempre terminaba absorbida su fuerza vital por esta. Por eso mismo la uso con su hermana, para poder mantener a raya la maldición que la carcomía. Pero ahora esta espada, mostraba una extraña lealtad a la joven.

— Que extraño, generalmente esta espada es tan irritante que no deja que nadie más que yo la toque — comentó Xoel.

La risa de una mujer empezó a resonar en el bosque. Xoel sorprendido miró de quien provenía esa voz. Danais quien ahora parecía una persona totalmente diferente miró a Xoel.

— Oh mi querido abuelo, tan arrogante como siempre.

Levantando su guardia, Xoel se vio desprevenido por el evidente cambio de actitud de la joven y no solo era eso, sino también la increíble ráfaga de poder que, exudada sin escrúpulos algunos, tal como si fuera una amenaza.

— ¿Quién eres? — le confronto con una pose preparado para atacar.

— Calmate vejestorio. — esta agito su mano y enterró la espada en el suelo —. sigo siendo yo. — Ella se alejó de la espada y se sentó sobre el abrigo de oso, tomando una pieza de la carne de conejo que había cocinado hace unos momentos—. ¡vaya! Realmente extrañaba tu comida, aun con pocos ingredientes lograbas realizar una deliciosa preparación.

Xoel aun con la guardia arriba se acercó a la espada y permitió que el espíritu que residía en ella, quien estaba rogando a gritos que la dejara salir.

— ¡Vaya! Primero me abandonas con esa bruja desalmada de tu hermana y ahora dejas que cualquier aparecida me toca.

La hermosa mujer, que aparecía como una especie de humo, que miraba enojada a Xoel, señaló a Danais.

— Quien rayos es ella y como logro desbloquear todas mis defensas.

— ¡Yo que voy a saber! — Xoel gritó devuelta —. tu fuiste la facilona que dejó que alguien más tocara.

— ¡Facilona tu madre! — gritó la pequeña aparición de humo, mientras una ola de poder expandía de la espada haciendo retroceder su Xoel —. ¡ahora empieza a explicar!

— Ya cállense los dos. — Danais aun con la boca llena de carne miró la acalorada gresca.

— Mi nombre es Danais … Saya. — llamando por el nombre del espirito, este tambaleo de terror.

El conocimiento del nombre de una espada solo era conocido por su amo y todo era porque solo así serian capaz de utilizarlos a capacidad máxima, sin miedo de que alguien más la tome de ti.

Danais que miró con una sonrisa ladina a Xoel, se le acerco y lo abrazó.

— Apestas a tu hermana — le susurro —, pero realmente es bueno poder verte después de tantos siglos anciano.

— No eres la Danais de esta época verdad. — al no sentir ningún ápice de amenaza por parte de la joven, le correspondió el abrazo.

Él había abrazo más a esta joven en los últimos años, más de lo que el antes hubiera podido creer.

— Ciertamente no lo soy — comentó saliendo del profundo abrazo, la joven se apartó. — pero si soy Danais, tu adorable nieta

Danais, viejo. Cuando era más joven me parecía una joda tan molesta el no tener control alguno sobre mis saltos temporales, pero ahora… mirándote, aún vivo, me causa un sentimiento que no te imaginas.

Xoel que tembló ante la insinuación de su muerte, sintió su corazón latir con fervor.

— ¿Estoy muerto en el futuro?

— ¡No parezcas tan dichoso hombre! Quien te vea podría malentenderte y pensar que en serio estabas desesperado por morirte. Bueno, si lo estas, pero jamás te gusto que los demás lo supiera — bromeó mientras miraba la espada.

— después de unas bombas mágicas de explosión gravitatoria que recibí, veo que realmente varios recuerdos se habían ido, ya no recordaba el mal temperamento que esta estúpida espada tenía. — señalando al espíritu, este enfureció, pero por la presión mágica de Xoel, no fue capaz de enfrentársele —. jamás le gusto que yo fuera su ama. Por suerte logre separarla y dejar que todas esas almas y espíritus que tenía aprisionados saliera con seguridad.

El espíritu tembló ante la afirmación de la joven, se puso seria y le dio una reverencia de agradecimiento. Sin más palabras volvió a entrar a la espada, dejando nuevamente la luz azul neón resplandecer tenuemente.

— La verdad es que casi no tengo tiempo. Y sé que tienes muchas preguntas, al igual que mi yo del pasado — bromeó. — pero la verdad es que, todo a su tiempo se sabrá, eso me lo enseñaste. — Xoel asintió en entendimiento.

La verdad era que ella le había dicho ya mucha información, información muy valiosa. Incluso el que no ocultará su poder era una pista del futuro.

— Sabes… en realidad ya han pasado un poco más de mil años desde que moriste. Pero, aun así, siento tu perdida tan reciente… te comportaste como si fuera mi padre, mi abuelo, mi hermano y mi maestro. por ello estoy muy agradecida. Y antes de que siquiera te alteres… no, no hecho nada tan estúpido como conseguir la inmortalidad con esa ODA, aunque si quisiera lo podría hacer — apuntó —, mi longevidad solo se da por este enorme poder que adquirí para darle fin al destino final que fue destinado el mundo. — tocando la enorme fuente de poder acumulado en su abdomen bajo.

— no sé porque algo de eso es una mentira. — Xoel dudo de algunas palabras de su nieta.

— si te digo todo, donde quedaría la emoción del destino? — juguetona toco su abdomen —. Lo importante es que soy feliz… — con la mirada gacha agrego: — y que en definitiva no me arrepiento de haberte asesinado.

Danais sintió el cambio del flujo de su alma, avisándole el cambio de sus almas.

Ella se inclinó ante Xoel, con una reverencia típica de un guerrero, quien da su total respeto por alguien de mayor aprecio.

Xoel le respondió con el mismo gesto. Cuando levanto su cabeza vio como la joven colapsaba y la tomo en sus brazos. Sonriendo vio a la joven abrir sus ojos.

— Si me sigues viendo así, voy a empezar a creer que en serio un día de estos me vas a matar.

Xoel rio con una carcajada ante la ironía

— Creó que eso será todo lo contrario.

Aun extasiado por el torrente de información que su nieta le dio, se sintió agradecido. De no estar vivo en el futuro y que ella no parecía resentida por tener que matar a su propia sangre.

Danais aún se recuperaba del aturdimiento, recordó aquel sentimiento de cambio temporal en su cuerpo, sintió como su alma se rebobinaba y la dejaba en un espacio en blanco, un sentimiento diferente al que había tenido hasta ahora. Mirando a Xoel, exigiendo una respuesta.

— Otro cambio temporal niña, esta vez tu yo del futuro fue la que apareció.

— ¿Que? Yo… rayos aun no comprendo ni una mierda de lo que está sucediendo.

— ¿Y te llamas a ti misma un genio? veo que no queda más alternativa que enseñarte más eficientemente.

Retomando su patético intento para atrasar su infernal entrenamiento como maga y guerrera, empezó a retroceder acobardada.

— ¡Aun no quiero morir!

— ¡Pero si te dije que volviste mil años en el futuro! ¡Sobrevivirás!

levantándola del suelo la llevo hasta un pequeño claro en el bosque y empezó con su enseñanza estilo:

¡Aprende por las malas o por malas! ¡si no sabes nadar, tirate al mar con tiburones! ¡si no sabes invocar fuego, tirate a un volcán activo!

La enseñanza estilo berserker que Xoel había desarrollado para sacar a su máximo potencial de Danais. Que si no fuera realmente alguien con gran potencial… desde el primer día estaría muerta.

INESTABILIDAD MÁGICA, RECUENTRO Y ESPADA

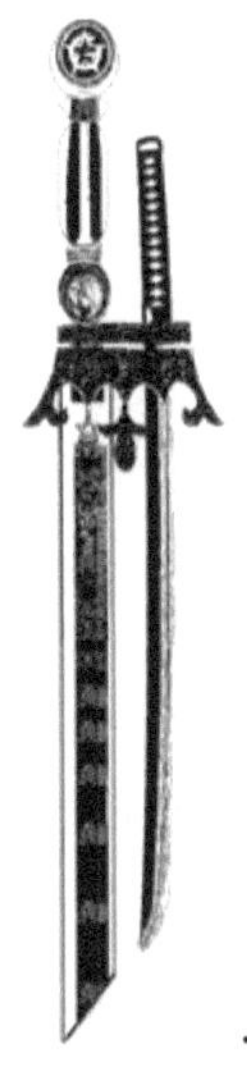

Capítulo 8. Estrofa ocho, oscuridad.

Al igual que las dos hermanas

Veré el paso de las almas

y renunciare al destino de todo nacido.

A miles de kilómetros de donde se encontraban Danais y Xoel, una hermosa mujer recolectaba en el profundo bosque plantas medicinales, mientras pequeñas pixis revoloteaban a su alrededor. Los poderes de la luz se reflejaban en su alma, mientras que las plantas y pequeñas creaturas del bosque se sentían misteriosamente atraídas hacia ella.

La mujer no tan joven se retiraba el cabello platinado con reflejos castaños de los ojos, inútilmente ya que el viento aún seguía soplando a su alrededor. La Dama del bosque vio en la lejanía como un humano se encamina en el bosque, acompaño de una enorme sombra de oscuridad. Sintiendo un enorme peso en su corazón se mordió los labios y dio la espalda a las penas de ese ser. Caminado de regreso a su pequeño pueblo, escuchó en la lejanía el gorgoteo de un hombre que acaba de ahorcarse, cerro sus ojos al sentir como su cuerpo durante unos minutos luchaba por respirar, para terminar, dejando su alma en aquel bosque.

Este lugar a pesar de haber sido uno de los más afectados después de la erupción del volcán que lo forma, consecuencia de la corrección del cambio del campo magnético y esos enormes sismos que configuraron la Tierra; aún seguía atrayendo a seres de todo tipo para acabar su vida, el bosque del olvido.

— Donde podrás olvidar todo tu dolor — susurró como un canto la mujer.

— Maestra…

La dama miró a la joven quien no era capaz de esconder las típicas características de ninfa. Tocando sus orejas puntiagudas la llevo hasta sus brazos, estando aun afligida por el suicidio de aquel hombre. El dolor que sentían aquellas creaturas al sentir la muerte de otro ser vivo gracias a su enorme capacidad de empatía mágica, abrazo a su hija maldiciendo su naturaleza y el tener que vivir en un lugar donde las emociones más terribles se concentraban en una zona.

Ellas las más amables entre todos los seres míticos de las Tierras del este de Bal-Rüya; que después de la descompensación mágica provocada por la guerra y la destrucción de su hogar, terminaron refugiadas por Yama-uba, mejor conocida como la Mujer Montaña, quien acogió en su seno en Tierras asiáticas a decenas de pequeños seres pertenecientes a las Tierras del Bal-Liar.

— Sabes que no me gusta que me digas maestra cuando no estés entrenando. — recogiendo un mecho verde detrás de la oreja de la joven ninfa, la dama la tomo de la mano y la guio hasta la pequeña villa.

— Lo se mamá, solo es que estoy super ansiosa por la prueba.

La joven no podía evitar esconder su emoción y empezó a despotricar cientos de palabras. La dama miró a su pequeña hija un poco alegre por su crecimiento. La prueba que con tanto entuslasmo la joven hablaba, no era nada más y nada menos la razón por la que ellas había decidió vivir en esa zona.

La prueba máxima de todos descendientes del reino de Magia Azul, usada para probar su fuerza donde debían enfrentarse aquello a lo que eran más débiles. Si eras una ninfa del viento debes enfrentarte a la Tierra o a la madera; si eres una ninfa del Aire al fuego o la vida; si eres de la Tierra al Aire o al Caos y si eres del fuego al Aire o la muerte. Particularmente siempre se prefiera escoger enfrentar algo que haga parte de tu propio reino mágico, pero para aquellas más fuertes, podían tomar una segunda prueba y enfrentarse a su contra parte en el reino mágico rojo, lo cual era poco frecuente.

Ellas como ninfas del Aire, preferían enfrentarse al fuego y en esta nueva era, no existía mejor lugar que el mismo bosque del olvido, donde los mismos arboles ardían eternamente, haciendo combustión con un fuego creado por el mismo Dios. El cual protegía en todo su centro, flotando justo encima de la cima del volcán, un pequeño y antiguo libro que se rumoraba era lugar donde el alma del inmortal descansaba.

— Imber. — llamando su atención a la mujer, tres ninfas se le acercaron. Estas se pusieron en una arrodilla ante su reina.

— los preparativos están listos para la prueba de las más jóvenes del Aire. — le aseguró una de ellas.

— Y las ninfas vigilantes están listan para dar su apoyo. — la segunda mujer le afirmó.

Las pruebas, como eran extremadamente peligrosas siempre

eran supervisadas por ninfas contrarias a las aspirantes. Ninfas mayores, poderosas y bien adiestradas. La reina Imber mirando al tercer informante, con un ceño fruncido esperando su informe, empezó a preocuparse ante el silencio de esta.

— ¿Qué es lo que sucede? — cuestionó. La mujer dudo en responder y poniendo ambas rodillas en el suelo, soltado la lanza con las que siempre estaban armadas.

La reina se crispo ante tal acción. Las ninfas que estaban mirando lo que al principio se aparentaba el simple interactuar entre las generalas y la reina, ahora como una señal de inminente peligro.

— ¿Quién atravesó la barrera? — con el corazón latiendo en frenesí.

La reina comprendida que la tarea de aquella general, una ninfa de la Tierra que cuidaba la enorme muralla que las separaban de la fisura de miasma en el océano pacifico.

Aquella fisura que no tenía ni cerca el tamaño de la fisura madre en el estrecho, era una de las de miles de fisuras que aparecieron en el mundo. Con el tamaño máximo reportado de un metro de longitud y de menos de dos pulgadas de anchuras, provocaban el escape de miles de centímetros cúbicos de miasma diabólico, que era capaz de corroer hasta la misma luz.

— No lo sabemos mi señora. Sentimos el cambio en el aire cuando una pequeña fisura en la muralla se desquebrajo. Por suerte el fuego del bosque logro quemar las creaturas que pasaron y con las ninfas del aire logramos redireccionar el miasma nuevamente al este, pero… vimos algo mucho más grande… no se explicarlo mi señora. — mirando aturdida a su reina, la ninfa trago saliva —. creó que no Salió de la abertura, pero en definitiva si fue algo cerca. Este término en caída libre hacia el océano, pero cuando pensamos que iba caer sobre la fisura una enorme ola de Magia oscura la arrastro y la mando por encima de la muralla.

Aturdida ante la explicación la reina miró hacia el este donde se encontraba la muralla.

— Hay que buscarlo y eliminarlo — sentencio la reina. Pero al no escuchar respuesta alguna de la ninfa de la Tierra frunció el entrecejo.

— No es necesario mi señora. Seguimos el rastro de Magia negra y ... encontramos en las cercanías del bosque del olvido lo que cayó.

La reina y todos los demás la miraron expectante.

— Era una mujer, bueno, más bien una joven, quizás no mayor a Aqua... — mirando a la joven princesa.

— Madre.

— Silencio. — sin dejarla hablar, sabiendo lo que pediría. la reina miró a la ninfa de la Tierra—. matala.

— ¡pero es una humana mi señora!

— ¡No importa! Si fue tocada por el miasma ya no lo, es más. Mátenla.

— Creó que se está apresurando un poco mi reina. — una de las ninfas que había reportado se levantó y socorrió a la ninfa de la Tierra. El Aire empezó a recorrer con fuerza entre los habitantes de la aldea —. yo misma vi a la joven que encontramos, ningún rasgo típico de haber sido afectada por el miasma se ha presenciado en ella. Creo que deberíamos primero interrogarla antes de cualquier acción.

Sin poder imponer su decisión y mirando los ojos de las demás ninfas, que tenían un gran aprecio a todo ser vivo, la reina quien, si odiaba a la humanidad, dio su brazo a torcer. Tomando un gran respiro y desviando su mirada hacia el auditorio de conferencias, dio permiso para que trajeran a la humana.

Unas horas antes…

Danais después de intentar escapar del numerosamente infernal entrenamiento, caminando sin rumbo aparente por las llanuras boscosas de las Tierras altas de Bal-Rüya.

— Deja de quejarte.

— ¡No me quejaría tanto si una bestia no me obligara caminar cientos de kilómetros sin descanso alguno!

Durante los ultimo tres semanas ella fue arrastrada por este hombre, atravesando los bosques frondosos y a su vez helados de las Tierras del norte. El clima era un concepto efímero en relación con el pasado, no era predecible. En zonas donde antes era imposible que creciera un bosque o hubiera tibias mañanas ahora podían existir, ahora era una zona que podía tener miles de variaciones imposibles de definir.

Danais era consciente que se dirigían hacia el sur gracias a la bruja mágica con la que había embarcado en búsqueda de Xoel. Pero en sí, su destino no lo conocía. Había decidió seguir a este hombre para lograr dar fin a la profecía que le fue entregada, pero el comportamiento inusualmente errático de Xoel no le permitía comprender en totalidad de lo que estaba sucediendo.

Durante su viaje evitaron varios pueblos y ciudades, incluso casi en su totalidad a todo ser vivo con algo de inteligencia. A excepción de esos enormes nidos de orcos donde fue lanzada intencionalmente para, en palabras de Xoel 'mejorar mi estamina en la batalla'.

— Bastardo loco — musitó Danais, mientras tomaba el almuerzo del día.

— Berreaste algo. — el increíble oído de Xoel le gruñó, mientras comida la pata asada de un ciervo.

— Nada. — Danais asustada negó con la cabeza, a sabiendas de la posibilidad de ser enviada a otro ridículo entrenamiento.

Estando un rato en silencio la chica quien no había tenido la oportunidad de contarle la segunda estrofa de la profecía a Xoel, lo miró profundamente considerando cuando sería una buena oportunidad.

— ¡Ya me tienes arto! — Xoel le gritó arto.

Desde los últimos días había sentido la profunda mirada que la joven le dirigía, siempre como si estuviera lista para decirle algo.

» ¡si me tienes que decir algo, dilo ya mierda!

Danais aún con carne en la boca salto del susto, tragando lo que tenía en la boca desembucho como una olla a presión y gritando a todo pulmón:

La primera será solo el inicio, el será mentor y su sangre sus pupilos.

el treceavo será reconocido como padre y la tercer como nieta.

el treceavo, el tercer sellaran el caminó de Caos con acero y hueso.

Ya fue profetizado, será su propia sangre quien de fin a su destino.

La sangre que corre por el metal volverá a la vida.

Xoel se quedó callado mirando a la joven, una fina línea se plasmó en su boca, junto a un profundo seño. Danais lo miró con cara afligida la ira incontenida en el rostro de aquel hombre.

Sus instintos empezaron a gritar ordenándole que hullera y por primera vez en todos esos días, por fin había podido sentir a plenitud la firma de hechizos de Xoel. No era sed de sangre como en la isla de San Lorenzo. No, lo que sentía era puro y neto poder mágico, una cantidad, que apenas era capaz de soportar.

Las fluctuaciones mágicas llegaron a ese extremo que varias fisuras dimensionales se abrieron, permitiendo que grandes ráfagas de polvo estelar entraran en su contacto. Xoel parecía iracundo, de un momento a otro dejó suprimió todo su poder y como si no hubiera sucedido nada, se levantó del suelo y se alejó de Danais.

— Que mierda.

Aun aturdida por lo sucedió, la joven temblando aun de terror y nervios, trato de levantarse, encontrándose con que sus piernas no le funcionaban. Aun con la respiración entre cortada, espero a que Xoel volviera.

Anocheciendo, ella ya había recuperado la movilidad de su cuerpo, estaba sentada con las piernas entrecruzadas y tal como le había enseñado Xoel en esos tiempos, permitía que los flujos de Magia entraran en su cuerpo, acumulándose en la base de su ombligo. Miró a su alrededor sintiendo la perceptible firma de Magia de Xoel cerca, la cual después de una vez expuesta, era fácilmente rastreable por cualquier mago decente; aunque nadie sería tan estúpido como para enfrentarlo.

El enorme hombre se mostró ante Danais, algo decaído y con dejes de tristeza. Ella quien heredó de su abuela la habilidad de percibir las emociones, se mordió los labios ante la profunda tristeza que ese hombre expedía.

— Abuelo…

— Nací, yo nací creyendo… no. — con los ojos afligidos y frustración, las palabras apenas salían con enojo de Xoel —. se me dijo, se me hizo cree que yo forjaría mi propio destino. Ese bastardo, mi padre, me juro mirándome a los ojos, que sería aquel por fuera de los ojos de las tres hermanas. Fui criado con un solo propósito — dijo alzando un dedo y señalando el cielo Xoel gritó: — ¡seria el rey de los Dioses! Pero fue mi arrogancia y soberbia, si, fueron ellas, las que me enceguecieron de la verdad…

— Abu…

— Silencio niña, entiende, yo jamás tuve elección, jamás fui libre, se me adoctrino desde el inicio para ser este monstruo. ¿Todo para qué? Para dar a la descendencia que corregiría los errores de mi padre… solo era un medio. Como tú también lo serás.

— No entiendo nada Xoel.

— Y aun no lo harás — le afirmó —, esa maldita profecía, tan solo dila nuevamente…

Ella con tristeza y en voz baja nuevamente la recito, sin agregar algún comentario, porque de alguna forma entendía lo que él estaba sugiriendo.

— Esos Dioses bastardos ¿ahora lo puedes ver? ¿Lo entiendes Danais?

La joven comprendió del disgusto del hombre por las

deidades, porque ella misma había sido víctima de su manipulación. Le habían exigido que no revelara las estrofas y la razón ahora es mucho más que obvia, ahora que podía unir más cabos. Todo estaba escrito, todo lo que había dicho, todo estaba sucediendo, las dos primeras líneas se habían vuelto realidad. Xoel sabía que el tercer también y de ahora en más la cuarta línea empezara a tomar forma.

Sabían que, si le decía la profecía antes de que el decidiera "por cuenta propia" tomarla como disculpa, aceptarla como descendiente, no se cumpliría lo que el destino profetizo.

— Que haremos entonces. — con los ánimos bajos, Danais miró a Xoel.

— Nada, seguir la palabra a pie de la letra ¿qué más podemos hacer? Es imposible ignorar el destino, yo soy la prueba fehaciente de ello.

— ¿Te digo entonces el resto de la profecía?

— No, guárdatela hasta cuando veas necesario que me la digas. Mejor vamos a dormir niña, ya perdimos este día para entrenar, aunque si sentí como estabas capturando Magia. — le sonrió tratando de aliviar el tenso momento.

— Bueno, sabía que si no lo hacía terminaría metida otra vez en el nido de algún orco… ja ja…ja…

— Hoy no… quizás mañana — bromeó.

Mirándose seriamente ambos terminaron estallando en carcajadas. La tensión que antes tenían se había esfumado permitiendo un ambiente más cálido.

— ¿Estabas bromeando verdad? — Danais preguntó. Abrigándose con el abrigo de piel de oso que Xoel le había regalado, ya que el que ella tenía no servía para nada realmente.

— Claro que… mejor duérmete niña.

lanzándole una bola de Mana llena de calor, alejándolo el helado frio del cuerpo de la chica. esta se acomodó aún más en el abrigo hasta entregarse a su descanso. Xoel sintió como la respiración de la joven se calmaba lentamente, se arropo en su propio abrigo y con deseos de venganza en sus ojos, se durmió.

La mañana siguiente la dupla que realizó su entrenamiento matutino antes de emprender caminó, aunque las palabras ya habían sido expuestas y el corazón de Danais había cambiado un poco su aprecio por los Dioses, incluso por el mismo destino, ambos se sentían aún más cómodos que en el pasado. Aunque podría ser el recordatorio que aquel hombre podía matarla cuando quisiera… pero aun así no lo había hecho o vuelto a intentar (o al menos no intencionalmente).

Caminado nuevamente con dirección sur oeste. Ella por fin se atrevió a preguntar. — ¡a donde carajos vamos!

— ¡A las Tierras el este de Bal-Rüya!

— ¡Ya estamos en las malditas Tierras del Bal-Rüya!

— No. — le corrigió Xoel —. estamos en las Tierras altas del este de Bal-Rüya y nosotros vamos para el extremo ¡a las Tierras del antiguo rey Otoki!

— ¿Quién mierdas es ese?

Xoel paro de repente y mirando a Danais se tocó el pecho ofendido.

— Como que no sabes quién es el rey Otoki. ¡Aquel quien unió las tierras de Bal-Rüya¡¡quien le dio el maldito nombre de BAL-RÜYA!

— ¡Ah! ¡estás hablando del rey maldito!

— ¿Como que maldito?

— Si, el rey loco que asesino en medio de una tortura a su hija, con esa espada maldita… una catana echa de metales de origen del vacío dimensional y luego se suicidó… — Danais se cayó cuando vio la profunda mirada de Xoel —. pero solo es una leyenda, del rey mal… digo, el rey Otoki…digo, es algo que nos enseñan cuando estamos en primaria, además recuerda que tu estas viejo ¡la historia que te enseñaron es diferente a la que sobrevivió en estos tiempos!

Negando con la cabeza Xoel sonrió — y lo único que dices interesada es sobre la espada.

— Bueno, muchos soñamos con una espada hecha del material más fuerte e indestructible ¡metal del vacío! Yo soy portadora de espada, bueno, de espada corta, no un armatroste como el tuyo.

— Creó que tendré que darte algo más que simple clases de Magia y de batalla a esa cabeza hueca tuya. — Danais le sonrió rígidamente —. pero la verdad es mucho más aterradora que eso niña… muchísimo más horrendo.

— ¿Como así?

— Lo siento niña, esa historia, aunque quisiera contártela, no me corresponde, no es mi historia. Si las cosas se cumplen como están predichas, la protagonista de esa historia te la contara personalmente —. tocando la espada corta que conformaba su enorme espada, con una apariencia de catana, Xoel sonrió.

Danais comprendió que el comentario y espada estaba relacionado. Sonrió expectante de ser digna de escuchar esa historia. Aunque por un momento dudo, como era posible que la protagonista le contara la verdad, si eso era una historia de mil años atrás…

Xoel había viajado con la chica, entre caminar, correr, volar y saltos dimensionales, habían llegado por fin a la costa directa sobre el continente, a unos cuantos kilómetros de la isla del extremo este del reino. Habían intentado limitar el uso del salto dimensional ya que había provocado varios desencadenamientos de cambios en el tiempo del cuerpo de Danais. A ese punto, ella había pasado varias veces al pasado, donde siempre terminaba en medio de la gran guerra, en el contenedor más similar al de ella, en ese caso, el cuerpo de Xoel. Ambos acordaron que lo mejor era evitar estos y que solo se dieran por la misma inestabilidad natural de Danais.

Mirando desde la costa de Corea, Xoel miraba a lo lejano el barco que los llevaría hasta la isla de Japón.

Danais curioseando la ciudad de forma jovial; ya que llevaba varios meses lejos de toda civilización la joven se sentía extasiada observado los mismos objetos que tenían en su propio reino. Comiendo varias cosas de un puesto de comida de la calle, feliz de probar algo más que carne de ciervo o de conejo. Danais le señalaba a Xoel para que probara la deliciosa comida, pero este la ignoro algo enrabiado.

Momentos más tarde cuando Danais le pregunto que como pensaban pagar el pasaje del barco, Xoel le mostro la billetera rellena del dinero que había traído con ella… ¡su dinero!

Después de una dura batalla pudo recuperar su dinero de aquel borracho, dinero que había considerado perdido. Y ahora estaba derrochando como si no existiera un mañana. Aunque en realidad podrían comprar un barco para su uso, no llegaría a gastar ni un cuarto del dinero total que cargaba en su bolsita dimensional.

Xoel ignoro a la sonriente chica, se sentó sobre una banca esperando que el barco llegara para poder partir, pero se arrepintió casi al instante.

Sintió a lo lejos como una enorme fuente de poder se trasmutaba entre las calles y una enorme masa de energía oscura se arremolino alrededor de Danais.

Con una reacción de isofota Xoel salto directamente hacia Danais, pero segundos antes de alcanzarla fue engullida en una brecha dimensional rodeada de Oscuridad.

Entrando en pánico la chica empezó a forcejear con su secuestrador, empujándolo lejos sintió como se perdía por un momento dentro del espacio dimensional, pero fue sostenida en tal Caos por una firma mágica conocida, su abuelo.

Sacándola a la dimensión mortal aparecieron flotando sobre el mismo mar.

— ¡que rayos!

— shu. — Xoel la callo mientras miraba de lado a lado —. ¡muéstrate!

— eres un aburrido Xoel...— con una voz algo divertida, una enorme masa de Oscuridad empezó a flotar a unos metros frente a ellos.

El hombre cubierto por una enorme capa de densa Magia negra, cuyo rostro pálido, cadavérico y ojeroso los miraba con curiosidad.

— ¡No debes hacer eso! Que tal que la hubieras perdido dentro del espacio de dimensión.

— ¡No seas exagerado! Jamás la perdí de vista, la solté cuando te sentí cerca, no quiero ser golpeado a muerte por un horrendo hombre como tú. Mi cuerpo solo le pertenece a la luz.

Danais afianzado más sus ojos logró ver que aquel hombre con ojos totalmente negros era un Dios y por la Magia que lo recogía, sabia con certeza quien era.

— ¿Oscuridad?

— ¡Ding, ding, ding! ¡Correcto! Vaya, aparte de ser un bello ser, también eres lista, ¡increíble que tu padre sea ese idiota!

— Yo no soy su padre.

— Eso lo sé, lo que tú no sabes es quien es su verdadero padre... pero eso es una verdad para otro día…

— ¿De qué hablas? — Danais intrigada miró al Dios.

— Dejalo ir niña, ya te dije que eso es para otro día— tch, le chisto la lengua. — eres hermosa, por eso te lo voy a perdonar. Entonces a lo que venía.

— Espera. — Xoel estando acostumbrado a la extraña personalidad de la Oscuridad lo detuvo —. ¡no la vayas a matar!

El Dios indignado abrió la boca con sorpresa.

— ¡jamás me atrevería a dañar una bella flor! Sabes muy bien que yo adoro a las hermosas mujeres.

— Que rayos está pasando… — y antes de terminar siquiera preguntar, el Dios de la Oscuridad la arrastro nuevamente a través de una brecha —. que rayos…

Mirando como la Oscuridad absorbía la luz a su alrededor y como a su vez, la terrible apariencia de este mejoraba hasta dejar ver a un hombre de gran belleza con cabellos negro, similar al suyo.

— Pido disculpas señorita, cuando me expongo demasiado a

mi adorable luz, mi lado perturbado sale a flote. — el hombre con un tono más amable y tranquilo le tomo el cabello que flotaba entre el espacio —. yo, Oscuridad, quien sostiene la dimensión entre el espacio, el tiempo y la luz, te concedo a ti, Danais, hija de uno de mis hermanos, mi total afecto y soberanía sobre las sombras del mundo, además de poder levitar sobre todo aquello que tenga una luz.

— Oh… gracias. — sintiendo como la enorme ola de Mana entraba en su cuerpo vio la sórdida sonrisa del Dios.

— Pero no es gratis niña, bueno todo lo anterior sí, pero tengo algo más que puedo darte, pero es algo que incluso el destino me prohibió darte… pero podría hacer una excepción si cumples una misión para mí.

La chica sintió el poder del Dios fluir dentro suyo y por un momento presintió esa vaga, pero típico sentimiento del cambio tiempo/espacio de su alma. Sospechando que era necesario, esta vez no lucho contra ella y se dejó llevar.

En cambio, su alma de un tiempo más adelante tomo posesión de su cuerpo, la cual al llegar reacciono violentamente y tomando por el cullo de la capa a la Oscuridad gritó con furia.

— ¡ni creas que me vas a enredar con tales mentiras bastardo, dame la habilidad que se me fue destinada!

El Dios descolocado del cambio de actitud, además del incremento de Magia que ella expedía se siento acorralado, tal cual cuando lucho una vez con Xoel. Aterrado terminó susurrando: — Total manejo de creación de portales. — tembló un poco cuando su poder fue absorbido violentamente por la chica, dejando algo aturdida. Rindiéndose ante la chica, pero sin antes empujarla al vacío de la brecha dimensional.

Aquel Dios siendo uno de los más mezquinos, solo le gustaba

jugar de un ganar o ganar, el verse obligado por el destino de darle su afecto aquella chica le era tan irritante que pensó como sacarle provecho, lo que no esperaba fue que las cosas no salieran como él quería. Así que la empujo, esperando que se perdiera en el espacio entre mundos.

La chica floto entre el desconocido espacio y vio por un momento como un pequeño bebe flotaba en la Oscuridad. La creatura arropada con una manta de color rojo tenía unos mechones rubios que se destacaban. Ella estiro su mano intentado alcanzarlo aun a sabiendas de quien era, pero antes de poder tocarlo su cuerpo fue arrastrado a la realidad. Atraída por una fisura dimensional totalmente diferente, la cual expedía enormes cantidades de miasma. Segundos antes de caer en la peligrosa fisura ella con todas sus fuerzas creó otra brecha y callo a unos metros en el aire cerca de aquella fisura en el plano real.

Cayendo sin control tomo poder de su nueva habilidad dada por Oscuridad. Flotando torpemente por el cielo callo a cientos de metros adelante en Tierra firme y habiendo pasado por una enorme muralla aterrizo cerca por lo que aprecia ser un bosque en llamas. Estrellándose en el suelo por la baja capacidad de controlar dicha habilidad, el alma que había venido de veinte años en el futuro suspiró suavemente y permitió que su destino continuara.

Danais despertó totalmente magullada y sintiendo la Magia oscura ser absorbida por su cuerpo. En su estado semi inconsciente vislumbro como era cargada por el viento y hojas, rodeada de hermosas mujeres guerreras. Aun algo aturdida perdió la conciencia totalmente y permitió ser arrastrada por los seres que no emitían ningún aire de hostilidad hacia ella.

NINFAS, DESCONFIANZA Y OSCURIDAD.□

Capítulo 9. Estrofa nueve, madera.

Con la copa de cristal

bañado en sangre de malditos

Un pequeño canto se escuchará como un gritó.

El cuerpo de Danais aún no terminaba de absorber la enorme cantidad de poder que le había dado el Dios de la Oscuridad. Su cuerpo emanaba enormes ondas de poder oscuro, incluso las ninfas que la llevaban consigo miraban con nerviosismo como la joven chica se retorcía. El dolor de absorber el poder de un Dios era algo que ella no había tenido la oportunidad de sentir, todo gracias a la guia del poder mágico de Xoel, quien siempre le había ayudado en el doloroso proceso.

Con su cuerpo aun retorciéndose debido a las grandes oleadas de electricidad, la chica fue aun así llevaba hasta el gran auditorio. La reina Imber miraba con ojos asombrados la enorme cantidad de energía oscura que emanaba del cuerpo de la chica, además de como este la atacaba y a la vez la protegía.

— ¿Que le está sucediendo?

— No lo sabemos mi reina. Cuando cayó del cielo esta enorme ola de Magia oscura la estaba abrigando, ha estado así desde que la traemos de la costa.

La reina extendió un poco su mano para poder alcanzar a la joven, pero antes de siquiera tocarla Yama-uba la detuvo. La mujer montaña que rara vez se presentaba ante las ninfas miró a la reina y negó con la cabeza a manera de advertencia.

La mujer llama Yama-uba quien tenía un rostro ovalado y cabello castaño, con claros rasgos asiático y revestida de un manto blanco; miraba con los profundos ojos oscuros a la chica. la ninfa reconoció de inmediato la presencia de la Diosa que las protegía en el cuerpo de Yama-uba retrocedió. Las demás ninfas que estaban en la sala se arrodillarlo ante la presencia de uno de los Dioses de su creación y también su más grande protectora. La Diosa de la Madera, del bosque.

— Esta niña está rodeada de un increíble poder oscuro, si ustedes creaturas de la luz llegaran a tocarla se contaminaría y terminarían en el reino de las sombras. — Ante la información las ninfas palidecieron, mirando a la joven —. Pero no se asusten mis niñas.

tocando el estómago de la joven una luz de color ámbar empezó a expandirse por todo el cuerpo de la chica y poco a poco se fue estabilizando. La Magia negra que la rodeaba poco a poco fue absorbida por Danais debajo de su ombligo y al igual que cuando Xoel la ayudaba, la manipulación de Mana dentro de la joven poco a poco fue estabilizando, haciendo como suyo el poder de la Oscuridad.

Cuando el proceso terminó la Diosa sonrió tiernamente. Le quito el cabello azabache que cubría los ojos de la inconsciente chica, beso su mano y le susurro con los labios aun tocando su piel.

— Te doy mi total afecto, la clorokinesis será como un campo de juego para ti y tendrás la increíble habilidad que te heredare, serás capaz de sentir y manipular a gusto la manipulación del Mana, de las energías que todo ser vivo conectado con la naturaleza.

El susurro de la Diosa provoco que una nueva oleada de poder mágico azotara a Danais. Su cuerpo que apenas se recuperaba del ataque malicioso de oscuridad, poco a poco empezó a recibir el poder de la Diosa; solo que esta ocasión este poder fue fácilmente absorbido. Ahora su cuerpo podía hacer inconscientemente aquello que Xoel estaba haciendo por ella, el poder guiar el poder divino para su plena y tranquila absorción.

La Diosa se apartó del cuerpo flotante de la chica quien se veía ya en un estado más natural y con una vibra más cercana a la naturaleza. Miró a la Reina y le sonrió con compasión.

— No dejes que tu ira de ciegue. Lo que le paso a tu madre sucedió hace años y realmente no fue una total culpa de los humanos, fue la decisión de ella misma, así que deja de buscar venganza donde no hay cabida alguna de justicia real.

La Diosa vio como la reina trataba de guardar su enojo, soltó una leve risita y como llego se había ido. Dejando atrás un pequeño susurro a todas las ninfas que su amada hija Yama-uba había acogido:

«da niña restablecerá el equilibro de los bosques y a su vez la protección de los Dioses sobre las ninfas y todas las creaturas mágicas amadas por el destino»

La reina al igual que las demás creaturas de ese bosque, cerraron los ojos ante el placer de sentir la voz de la Diosa en su alma. La reina agachando la cabeza se rindió ante la realidad, tendría que acoger a esa niña a pesar de ser una humana.

Por órdenes de la reina el cuerpo de Danais fue llevado a una cabaña destinada a los invitados. Allí la dejaron reposar tranquilamente hasta que despertara, horas más tardes.

Por su parte, Xoel observando como oscuridad se llevaba su adorable nieta, sintiendo un mal presentimiento. Cerrando los ojos cuando su presentimiento se cumplió. Unas yardas más adelante el Dios apareció como si estuviera siendo escupido por el espacio. Al sentir la firma mágica de Danais a cientos de kilómetros adelante, probablemente cerca la costa de Japón. El hombre sintió la inestabilidad mágica que el cuerpo de Danais sufría. Xoel reacción de inmediato para poder alcanzarla, pero antes de dar un salto en el espacio tiempo la Oscuridad lo ataco.

— ¿Qué demonios estás haciendo?

— Esa maldita sangre tuya. — el Dios iracundo le lanzo una enorme bola de Magia oscura.

Xoel la esquivo antes que explotara y dejándolo un poco aturdido. El Dios de la Oscuridad conocido como un ser malicioso, falso y enloquecido por la belleza de las mujeres; no quería aceptar que esa pequeña creatura lo obligara a cambiar sus planes de manipulación.

El Dios había implantado más poder de lo que el destino le había sugerido, esperando que así el núcleo mágico de la chica estallara, matándola. Y sabía que una de las formas para lograr era evitar a toda costa que Xoel un reconocido manipulador de las ondas de poder pudiera llegar hasta la chica y estabilizarla. A sabiendas que una batalla con aquel inmortal podría poner en juego su integridad, el dios se le enfrento.

Xoel sintiendo la energía errática a punto de estallar de su nieta, observó al Dios de la Oscuridad y compendio su intención.

— ¡Por qué demonios le hiciste eso!

— Esa bruja, aunque su belleza es alta, su estupidez también. A mí nadie me niega nada, soy la Oscuridad, las sombras en los corazones de todos, soy el Dios que le lleva las almas a la muerte. Y la tuya — dijo señalando con una lanza de Magia negra que materializo: — me encantaría saber si tienes una que destruir.

El Dios de la Oscuridad en ipso facto expandió su reino, logrando ensombrecer gran parte del océano. Las olas empezaron agitarse violetamente y enormes sombras de tormenta empezaban a surgir de entre la sombra del mar.

Un ejército de sombras suficiente para cubrir el horizonte surgió sobre el mar y con sevicia empezaron su ataque contra Xoel. Las figuras atacaban directamente al inmortal terminaban destrozadas una a una por la espada del Caos, que a la vez que absorbía el poder oscuro de esas sombras.

El inmortal luchando arduamente por imperativo de ir hacia Danais aún se veía retenido. El reino mágico del Dios inhabilitaba el escape por vía de singularidades, siendo la única forma el pasar por encima del Dios.

Tomando la carga hasta el Dios, estrello su espada contra la lanza de la Oscuridad. Este era un artículo divino que el mismo destino le dio al Dios y era la que contenía su existencia. Con un vaivén de choques ambos seres se enfrentaron en una fiera batalla, las ondas de poder causadas por los choques evitaban que los seres sombra se acercaran a los dos. Mientras tanto, en la costa de Corea cientos de seres empezaban alejarse aterrados por la enorme tormenta de poder que provenía de aguas abiertas.

Xoel siendo diestro de todos los reinos solo podía convocar

Magia oscura para defenderse, debido al bloqueo del poder mágico del Dios. Los chocos de poder se hacían más fuertes a cada momento y por un momento el Dios empezó a temblar, a pesar de que su poder divino era ilimitado, la cantidad que podía exponer en una dimensión donde él no tenía su ligadura existencial lo limitaba.

Poco a poco el Dios empezó a recordar la primera y única batalla que había tenido con ese hombre, había ganado por poco y solo porque Caos lo ayudo… aun alto costo.

Pero en esta ocasión, el Dios no se había fijado que desde el momento que ataco al inmortal había perdido. Xoel tenía la capacidad de predecir el futuro en momentos de peligro por segundos. Tiempo suficiente para acumular una pequeña cantidad de poder de la luz. La estela mágica de luz que se convirtió en una pequeña daga con la única debilidad de la Oscuridad y que podía ser usada para apuñalar directamente su corazón.

El Dios mirando la estela de luz sobresalir de su pecho se alejó de un salto de Xoel y mirándolo incrédulo volvió al lugar donde todos los Dioses se reúnen, el único lugar donde pueden sanar tras una herida fatal, el lugar de su nacimiento, entre las cuerdas del destino.

Xoel victorioso observó como la capsula del reino mágico de la Oscuridad se desquebrajaba, dejando pequeños rayos de luz tocar su cara. Sonrió al sentir que la estabilidad mágica y de Mana de su nieta se había estabilizado por completo, además de sentir en su joven alumna un poder nuevo conocido, el poder de la Diosa de la Madera.

Tranquilo por el cambio de acontecimientos floto cerca de las olas del mar ya tranquilas, donde ninfas del agua empezaban a surgir lentamente. Ellas habían logrado presenciar la batalla, al verse atrapadas en el reino del Dios. Miraron asombradas al hombre.

Susurros con la palabra "inmortal" se escuchaba entre las mujeres. Xoel sabía que estas creaturas eran seres amables, así que por decencia escondió poco a poco su sed de sangre. el quien era capaz de pelear cuerpo a cuerpo con un Dios sin la necesidad de grandes ataques de Magia, se inclinó ante la que parecía ser la líder.

La ninfa que presenciaba como curaban la inestabilidad mágica de la joven. Había dejado a la chica humana reposar como su invitada y corrió junto a sus generalas para observar que sucedía por esa enorme perturbación mágica. El hombre aun que estaba inclinado en señal de respeto, no podía evitar que provocara en la reina Imber una intensa sed de sangre.

Xoel reconocía a la mujer. Ignorando aquella hostilidad se inclinó un poco más, poniendo su rodilla derecha sobre la superficie del agua.

— Reina Imber, ninfa del Aire e hija de la emperatriz Xita…

Antes de terminar de hablar una enorme ola cubrió al hombre y aunque no lo movió de su lugar, la ninfa quien miraba con ira y frustración al inmortal respiraba pesadamente. Su rostro serio y sed de sangre solo burbujeaba más y más. Pero se fue apagando cuando el hombre que, a pesar de la ofensa, no cambiaba su postura sumisa.

— Que es lo que te trae por estos lados sucio inmortal.

— Imber…

— Reina Imber— le corrigió cortante.

— Cuando eras una princesa me dijiste que te podía decir Imber.

— Así es, pero todo cambio, gracias a ti ya soy la reina, no soy la emperatriz por mi reino cayó en tinieblas por culpa de la guerra que empezaste. No soy princesa porque ya no tengo reino que gobernar en las Tierras bajas de Bal-Liar y ahora soy reina porque gracias a que asesinaste a mi madre… ascendí a su trono.

El ambiente aun tenso se había convertido en gélido, las ninfas que estaba alrededor bajaron la cabeza apenada ante el recordatorio de su pasado. Las ninfas mayores solo fruncían su seño con ira, mientras que las más jóvenes se lamentaba por no conocer su reino en su momento de gloria.

Xoel no pudo refutar ninguna de las palabras de la ninfa, asique simplemente se levantó con al frente en alto.

— Sabes que daría mi vida para volver las cosas como eran.

— Entre el deseo y la acción hay un gran caminó inmortal. Ahora di, que es lo que buscas en nuestra nueva Tierra. La cual acabas de perturbar con otra estúpida batalla con otro Dios imbécil.

— Busco a una joven, descendió en sus Tierras, solo dénmela y me iré para siempre.

— Imposible.

— ¿Como así?

— ¿La edad te ha dañado el odio… humano? Dije im.po.si.ble. La niña se queda.

— ¡Eso no lo puedes decidir tú! — Xoel le gritó molesto.

— Claro que sí. — con dignidad la ninfa dio media vuelta y desapareció entre la bruma del agua de mar, junto a las demás ninfas.

Xoel miró las creaturas desaparecer y puso una cara de fastidio. Como si la negativa de esa mujer pudiera evitar que entrara a buscar a la joven. Pero cuando trato de crear una brecha dimensional para poder llegar hasta su nieta, se vio retenido por el poder de otro Dios. La isla estaba totalmente bajo el reino de la madera, por lo cual iba ser imposible acercarse sigilosamente hasta ella.

Frustrado miró la isla, canalizando su poder y la unión que había creado secretamente con Danais, sintió como la chica estaba reposando tranquila, fuera de todo peligro mientras que cientos de ninfas revoloteaban a su alrededor, dándole el mayor cuidado.

Tomando la decisión de abordar este problema de otra forma y al sentir la hostilidad de las ninfas que habían quedado custodiado la bahía, se vio obligado a devolverse. No porque no pudiera entrar y abrirse paso a través de ella, sino por respeto ante su raza, por su reina y sus súbditos. Además de que él no quería derramar la sangre de las creaturas que alguna vez lo acogieron... y quería evitar una confrontación directa con la Diosa de la madera.

Regresando sigilosamente a la costa de Corea, Xoel se fijó que la alerta de fisuras de misma había aparecido repentinamente y se habían vuelto a cerrar. Por seguridad cancelaron todos los viajes en embarcación hasta la isla, incluyendo el suyo.

Con todos los puestos de comida cerca de la costa cerrados por las fluctuaciones mágicas, decidió quedarse en un hotel y esperar que abrirán otra vez el puerto para poder entrar por el puerto marítimo de la isla, entrando legalmente ante los ojos de la Diosa a su territorio.

— Xitana... tu hija ha crecido muy bien...

Xoel miró el anillo dimensional, creado a partir de los huesos de una ninfa. Su claridad era atribuida a la edad de la ninfa junto a su enorme poder. Aquel pedazo de hueso le perteneciente a la ninfa emperatriz Xitana, resplandeció un poco y emitiendo calor conforto a Xoel. Uno de los más grandes secretos de la gran guerra era ese anillo, que resguardaba uno de los huesos de la propia ninfa emperatriz, la madre de Imber. Quien, al borde de la muerte, con su poder mágico se transformó en un artículo mágico, con capacidades mágicas fuera de este mundo. Un anillo dimensional con la capacidad de albergar al mundo entero. El aniño creado a partir de una ninfa de diez mil años, una ninfa descendiente directa de los Dioses del reino azul.

Danais ignorante de toda situación externa, no se podría encontrar con Xoel sino hasta diez días después. Esperando pacientemente que el atravesar todo un suplicio para encontrarla, mientras caminaba bajo las leyes de la Diosa de la madera. Quien no hacia para nada sencillo el juego del gato y el ratón.

La chica saliendo de su estado de inconciencia, se levantó de la cómoda cama y al notar su presencia en una aldea repleta de ninfas. Había ciento de mujeres corriendo de un lado al otro, atareadas con lo que parecía un festival. Pequeños niños corrían de un lado para otro jugando, en jubilo. Danais observó a los pequeños barones, extrañada. Las niñas tenían rasgos claros de ninfa, cabello de colores, orejas puntiagudas y pequeñas ondas de Mana rodeándolas, pero los niños no eran diferentes a los humanos, cabello castaños o rubios, pero con pequeñas ondulaciones de Magia a su alrededor.

Fascinada por su nueva vista, ella se sumergió en el pequeño festival. Las ninfas de la aldea le sonríen amablemente, pero ninguna se dirigía a ella. Cuando llego a la plaza central una mujer con cabello platinado y reflejos castaños le sonrió, extendiéndole la mano como saludo.

— Bienvenida seas… es un placer conocerte, mi nombre es Imber y soy la reina de esta aldea.

Danais habiendo sido criada como una princesa, con los modales impecables realizo una venia ante la que parecía ser la reconocida reina de las ninfas, Imber.

— Saludos majestad, soy Mauren Auri Danais di Lukene, cuarta princesa de las altas Tierras de Bal-Liar, reconocida como la hija de la muerte y heredera las Tierras del bosque de la muerte en Alemania.

La reina no espera tal presentación y de sorpresa abrió un poco la boca. Diplomáticamente hablando, la reina era reconocida como tal solo en un pequeño espacio de Japón. Después de haber sido reconocido por Yama-uba y con la intersección de la Diosa de la madera que tomo aquella isla como Tierra de su reino. El rey de la isla descendiente directo del gran conquistador de las Tierras de Bal-Rüya el rey Otoki, además de ser el rey de todo el continente asiático o lo que quedaba de él; le permitía por diplomacia participar junto a otras razas en las interacciones con cada rey de los continentes; por ello el nombre de la chica no le era indiferente, ella era una princesa y tal como decían los rumores, la cuarta hija de los Di Lukene no eran ni ínfimamente similar a los reyes, una posible bastarda. Aunque eso tampoco es que le importara mucho.

— Es una gran sorpresa que la sangre de Bal-Liar este en estos rincones del mundo.

Danais quien sintió un poco de hostilidad ante el origen de su cuna, le sonrió amablemente a la reina.

— Si no estoy mal, tú también eres hija de Bal Liar...

La reina frunció la seño ante el dulce ataque, pero siendo la mayor de las dos, decidió cortar cualquier rencilla posible.

— ¿Ciertamente lo era mi niña, pero las cosas han cambiado, pero... acaso importa? Es mejor pensar en el presente, como, por ejemplo, como una joven chica salió del espacio cerca una fisura de miasma y sobrevivo a su caída, además de como una pequeña chica recibió todo el amor de nuestra amada Dios... Madera, como esta pequeña chica, con sangre real está en un lugar tan lejos de sus tierras.

Danais escuchó en silencio a la reina, no entendía muy claramente la intensión de la mujer, aunque sentía algo de la hostilidad que dirigía hacia ella, también podía sentía un aire de confort similar cuando conoció a Xoel.

La verdad es que yo tampoco estoy segura.

La reina miró a Danais y no sintió que la chica realmente estuviera mintiendo. Habiendo esperado que la chica despertara para despejar las dudas de su origen, terminó con más incógnitas. Suspirando, la reina dejó de lanzar su presión mágica sobre la chica, era incensario, ella misma podía sentir que esa niña que llego cubierta de poder mágico oscuro no era realmente una amenaza.

Danais sin fijarse que había dejado de respirar durante esos segundos de interacción, suspiró ante la falta de presión que fue impuesta sobre ella.

— Perdoname si fui algo grosera mi niña, solo que como entenderás, después de la gran guerra la animosidad entre la raza humana y las ninfas quedo un poco quebrantada. — Danais asintió en confirmación mirando el bullicio de la plaza.

— ¿Hace cuánto estoy inocente y como fue me encontraron?

— Oh, hace tan solo unas horas mi niña. Unas de mis generalas te encontraron después de calleras del cielo cubierta de Magia oscura. Retorciéndote de dolor. Te trajimos hasta acá para que pudiera recuperarte.

— Muchísimas gracias por su amabilidad —dijo Danais se inclinó en gratitud ante la reina. — cómo podría pagarles su generosidad.

— Oh no te preocupes mi niña, no hicimos gran cosa y por nuestra naturaleza tampoco podíamos dejarte tirada cerca del bosque del olvido, podrías haber sido engullida por las llamas del

Dios del fuego. No podíamos permitir tal cosa.

Danais inconforme con lo dicho por la reina trato de ofrecer algo para pagar la ayuda, pero la reina se negó rotundamente.

— Siendo entonces así, creó que me tendré que ir ya.

— ¡Oh! ¿Pero por qué? Acabas de llegar, quedate un poco más, pronto un gran festival dará comienzo. — señalando los alegres preparativos la reina trato de retener a la chica.

Imber sabía que no podía retener a la chica a la fuerza, pero debía intentar lo posible para atrasar su partida o por lo menos hasta el evento principal del gran festival. Todo con la esperanza de comprender lo que Yama-uba poseída por la Diosa, dejándoles claro que en ese momento es cuando se daría entender lo expresado por la Diosa.

— Realmente me encantaría, pero la verdad es que no estoy viajando sola, necesito encontrarme nuevamente con mi compañero de viaje.

— ¡Y lo harás! Según mis informantes en la frontera, se vio un hombre llegar desde la misma dirección que tú. Pero por cuestiones de seguridad, le serán imposible entrar por un lugar diferente al permitido por la Diosa de la madera. La verdad es que eres un caso extraordinario, atravesaste todas las barreras que impiden que el miasma de la fisura del mar de Japón entre en contacto con la isla.

— ¿Sí? había escuchado que varias de estas aparecieron después de que la isla tuviera un efecto espejo, donde la costa del pacifico se convirtió en la costa del mar de Japón...

— Si... uno de los terribles efectos que sufrió este pueblo... pero les fue mejor que a muchos otros reinos. En fin, por la situación de seguridad el tendrá que entrar por los medios normales, yo como reina te puedo ofrecer un permiso especial para que puedas estar por lo menos en mi territorio legalmente, así puedes esperar que el ente y llegue hasta ti.

— ¿Disculpa sé que es una pregunta extraña... pero que es esta sensación que tengo? Es como si por algún motivo mi cuerpo estuviera anclado a esta dimensión, sé que es algo loco, pero...

— Tu confusión es válida mi niña, el país esta recubierto por la Diosa de la madera. Lo declaro hace unos siglos como su reino mágico. Desde entonces la Magia de ella impide que se pueda entrar por mecanismo dimensionales, únicamente por las entradas permitidas.

La reina vio como la chica se alejaba para reconocer la aldea, entrecerró un poco los ojos de manera suspicaz y en su mente un rio de recuerdos fluyo. La información recibida hace un mes del rey Aoki, sobre una orden de caza viva de la princesa, con el alto precio de un millón de monedas de oro, se había decretado en los reinos de Bal-liar y Bal-Rüya, la orden de encontrar viva a la princesa y llevarla hasta el mismo rey de Bal-Liar. Además de otra recompensa, un poco más escondida y con una trama política más oscura, los hermanos mayores de la chica habían puesto secretamente el precio por su cabeza, dos millones de oro. Además de que se corría el rumor de un futuro golpe de estado, donde la cabeza del actual rey rodaría lejos de la corona... junto a su esposa y cuarta hija. Suspirando pensó que eso realmente no era de su incumbencia, la reina decidió callar aquella información, quizás le sería útil en un futuro.

Habiendo acordado con la reina esperar en esta aldea a Xoel. Danais se dispuso a turistear, como había le había recomendado la reina, un festival pronto se avecinaba y era algo que le parecía fascinante. Mientras comía la deliciosa comida, pasaron varios días, conociendo poco la enorme aldea y a la vez sintiéndose un poco sola; a pesar de estar allí hace tres días, nadie, aparte de la reina le había hablado y simplemente le sonría amablemente.

Sentada aburrida sobre una banca que delimitaba la entrada del pueblo y el bosque de los suicidas, del olvido… vio pasar en menos de cuatro horas a tres personas, para luego sentir con esa nueva habilidad que la Diosa le dio, como los patrones de Magia que emitían desaparecían… debido a la muerte.

A pesar de no estar cerca de Xoel siguió practicando, sin aflojar las enseñanzas de su maestro, acumulando aun Mana en su vientre, mientras meditaba, tratando de hacer fluir aquellas habilidades que estos dos Dioses le habían regalado. Pero cuando trato de manejar la Oscuridad sintió como el mismo ambiente la bloqueaba, recordándole que esa Tierra de pertenecía a la Diosa de la madera.

Frustrada prosiguió con la Magia de madera, además de practicar los poderes del reino Azul el cual no se veía afectado por el de la madera. Aire, Aire y fuego, aunque no recordaba en qué momento estos Dioses le había dado su afecto, podía sentir misteriosamente su poder en su cuerpo. Quizás el que ellos lo dijeran en voz alta era solo una formalidad.

Flotando en el Aire, levitando por la enorme cantidad de Magia proveniente del bosque, Danais podía sentir una extraña sensación proveniente de este. Presintiendo como unas sombras la miraban desde lo más profundo, cientos, miles no… millones. Abriendo los ojos abruptamente observó algo agitada los ojos de sombras del lugar.

Aun confundida y ya desconcentrada de su meditación, callo de culo sobre la banca y quejándose, vio como un joven trataba esconder su presencia detrás de unas rocas cercanas, pero sus orejas puntiagudas y el singular cabello rizado de tonos agua marina la delataban.

— Espiar es de mala educación.

— No estaba espiando. — apareciendo entre las rocas con

algunas hojas en su cabello, la joven chica miró a la humana —. solo pasaba por acá y no quería molestarte.

— ¡No es molestia! ¡Espera! — llamando a la chica antes de que se alejara.

— ¿Sí? — con ojos interesados la joven quizás un año más joven que Danais sonrió.

— ¿Podemos hablar? ¡Llevo tres días acá y nadie quiere hablar conmigo! — quejándose miró con ojos suplicantes a la pequeña ninfa.

— ¡Bien, pero tiene que ser en secreto!

Danais asintió fervientemente. La ninfa le hizo un gesto a Danais para que la siguiera, caminado por el misterioso bosque llegaron hasta un pequeño lago y sentadas sobre el pasto empezaron a despotricar alegremente.

— ¡Sabes esta es la primera vez que conozco una ninfa!

— ¿Enserio!? Wow, en cambio esta es la primera vez que veo una humana y, es más, la primera vez que conozco alguien más que no sea de Tierras de Bal-Rüya

— ¿Enserio? Pero en el pueblo vi niños humanos…

— ¿Que? ¡Ah! hablas de los niños varones, jejeje, bueno, ellos no son humanos, son hijos de ninfas…— callándose de repente la joven se tapó la boca — perdón, se supone que no puedo hablar de nada del pueblo con extraños…

— No, no, no, tranquila, no se lo voy a contar a nadie, además no somos extraños, yo soy…

Danais callo de repente al darse cuenta de que diría su nombre, aun cuando antes había despreciado su nombre… Danais, ahora le tenía un agrado que jamás había sentido, después de todo era el nombre que le había dado su "padre" el rey en modo de burla, por la falta de realeza en su sangre.

— ¿Eres? — la ninfa, quien vio perdida a la humana la miró preocupada.

— Perdón, mi nombre es Danais.

— Jejeje y yo soy Aqua.

— Que lindo nombre…

— También el tuyo.

Con un ambiente agradable, ambas princesas hablaron sin parar durante varias horas. Aqua en realidad era terrible guardando secretos, empezó a mencionar muchas cosas a Danais, una de ellas, del origen de los niños humanos que vio en la aldea.

Eran hijos de ninfas, pero al nacer como hombres no heredaban los rasgos y habilidades de sus madres. Viéndose como humanos, contaban con habilidad físicas y mentales más altas que un simple humano, por supuesto estaban bendecidos con el Dios que tenía su madre. Ellos que eran conocidos como Kodamas, creaturas que amaban el bosque y lo protegían. En general permitían estar los niños dentro de la aldea hasta que cumplían 12 años, para luego enviarlos a una aldea unas millas lejos, cerca de la ciudad donde viven todos los hombres nacidos de ninfas. También le menciono que cada cien años ellos volvían a juntarse, para poder dar a luz a más ninfas.

— ¿Sabes qué? Llegaste en el mejor momento. Desde mañana empieza el gran festival de la cosecha, es cuando se cumplen cien años ¡así que veras muchos Kodamas adultos que nacieron en estas Tierras!

— ¿Pero que se celebra exactamente? ¿Ustedes que cosechan?

— ¡Ah! En realidad, no es algo de comida. El festival de la cosecha hace más referencia al tamizaje de las almas que han venido, vienen o vendrán a este bosque a suicidarse. Como creaturas del bosque buscamos siempre tratar de mantener apacible el bosque, como agradecimiento a Yama-Uba. Así que cada cien años, el festival se celebra para poder permitir que las almas que están acá encerradas puedan atravesar el limbo atreves del libro de la muerte.

Señalando la punta del gran volcán activo, donde una luz negra resplandeciente entre las llamas de bosque sobresalía.

— También es para permitir que las ninfas más jóvenes pasen por su ceremonia de adultez. Cada hija del reino Azul Aire, Tierra, Aire y fuego pasamos por esta prueba de manera diferente, para enfrentarnos a nuestras debilidades.

— ¿Para ti sería el fuego? — la ninfa le asintió

— Entonces nosotras las más jóvenes abrimos paso a través del mar de árboles ardientes, a través del fuego guiamos a las almas hasta llegar al libro de almas…

— ¿Como? ¿ustedes van hasta alla y abren el libro para que entren las almas? ¿No es más sencillo mantener el libro en un lugar menos peligroso?

— Si y no. Aunque decimos que llevamos las almas hasta el libro, la realidad es que no llegamos hasta él. Nos quedamos en la base del carácter el volcán, mientras que las almas son atraídas por el mas alla. En realidad, nadie puede tocar ese libro, porque morirías al instante, incluso estar cerca de él se puede sentir como se arranca el alma. O eso me han dicho… ¡ah! ¿Sabes una historia interesante sobre ese libro? Se dice que allí es donde está el alma del inmortal, que es el libro que esta descrito entre los versos de la oda de la inmortalidad. Siendo uno de los artículos mágicos y divinos mencionados en la Oda.

con misticismos la joven ninfa trato de asustar a Danais perdiendo su tiempo. Ella conocía al idiota arrepentido de recitar esa oda. Negando con la cabeza, siguió charlando alegremente con la otra princesa, hasta que cayó la noche y ambas volvieron a su hogar.

Al siguiente día cuando el festival empezaba, Danais fue invitada por la reina para sentarse junto ella, para observar el inicio de todo.

Y como había descrito la joven ninfa, cientos de kodamas y ninfas empezaban a reunirse en la aldea sobre todo aquellas ninfas adultas, haciendo un baile de retozase para encontrar su próxima pareja.

La reina como de costumbre se levantó sobre todos los demás y calmadamente empezó a recitar como dictaba la costumbre lo que sucedería dentro los siguientes años.

— Durante los próximos días se hará un retozase entre los hijos del reino Azul y las parejas que se formen se retiraran al extremo sur donde vivirán en pareja durante los próximos 25 años, después las ninfas quedaran embarazadas y los kodamas acompañaran a su pareja durante el tiempo que dure su embarazo. Las ninfas al contar con una vida tan larga, tendemos a tener un embarazo de 50 años, así que ellos vivirán juntos y felices durante ese periodo. Cuando por fin llegue la hora de dar a luz, los padres tendrán que salir de la aldea y esperar a fuera, no conocerán a sus hijos en persona, solo se les informaran si fueron ninfas o kodamas. Posterior de esto se les entregara un collar con la misma señal de sus progenies, si tuvieron barones, cuando estos cumplan catorce años y sean enviados a su pueblo podrán reconocerlos con estos. — mostrando un hermoso collar de piedras mágicas con nombres grabados en ellas —. sí fueron mujeres, cuando se cumplan los cien años de la cosecha y la niña esta lista para ser una adulta, podrán conocerla. También podrán volver a ver sus parejas y podrán volver a retozar con ellas sin necesidad de dar progenie.

todos los presentes gritaron de emoción. Las más jóvenes miraban a los más jóvenes de los kodamas, preguntándose quién de ellos seria su pareja en el futuro ya que, aunque ellas entraban a una edad adulta después de esta prueba, aun no tendrían permitido procrear, pero si conocer a sus futuros amantes. Además de aquellas que tenían hermanas u hermanos, volverlos a ver.

Las ninfas de más de 100 años empezaron el cortejo, mientras que las menores de 30 comenzaban a preparase para la gran cosecha. Danais observó como Aqua se veía un poco insegura en su lugar y como era subyugada por el liderazgo de una ninfa de fuego. Ambas cruzaron miradas y Danais le alzo ambos pulgares en modo de apoyo, la ninfa de nombre Aqua se sonrojo un poco y levanto la frente en alto.

Las primeras pruebas de ese día eran todas de lucha, batalla tras batalla cuerpo a cuerpo, mostrando un gran despliegue de habilidades y fuerza. Imber miró como Danais estaba absorbida en el juego carraspeo un poco para llamar su atención.

— ¿Perdón?

— Quieres participar, te veo como si estuvieras a punto de meterte en el ring.

— Oh, no, sé que esto es importante, no me atrevería a interrumpí.

La reina negó con la cabeza — por lo contrario, cuando te invite a estar en el festival, es casi una invitación completa, incluso a participar.

— Pero, creí que solo era para la mayoría de edad de las ninfas. — señalando la violenta batalla entre en una ninfa de Aire y otra de Tierra.

— Ciertamente lo es, pero también lo usamos como una forma de conseguir aliados. Nuestra comunidad es muy estricta y cerrada ¿sabes? Es porque tenemos conocimientos y secretos mágicos que muchas personas desean. ¿Sabes lo que dicen? nada como los hechizos de una ninfa… por eso también permitimos en ciertas ocasiones que invitados especiales participen, vara ver si son dignos de heredarlos. Y no te preocupes por ser la única extrajera, mañana llegaran varias creaturas de otros pueblos a participar también, lo que sucede ahora es algo un poco más íntimo y no podrías participar en él, porque bueno, es como las preliminares, pero mañana será el día en que el gran festival empieza y podrías hacer parte, así sea por diversión.

— Pero escuche que podía ser peligroso.

— Y lo es, porque lo que ofrecemos para los invitados es algo mucho más grande, no solo conocimiento, sino algo que amerita el peligro.

La reina Imber le señaló un enorme báculo flotando por encima del pueblo.

— Ese es un báculo mágico creado en parte con metal del vacío, madera creada directamente por la Diosa madera, sosteniendo en su cúspide una de las grandes piedras de cristal dimensional, capaz de ser el perfecto amplificador de Mana del mundo.

— ¡¿Catalizador de Mana?! — la reina Imber asintió.

Según lo que le había enseñado Xoel, la Magia y el Mana eran dos cosas muy diferentes, la Magia era algo externo, algo propio de los Dioses, que se encontraba en el espacio mismo, pero el Mana era algo innato, se nacía con él y no cambiaba su tamaño por más que lo intentaras, el Mana, también conocido como la vida misma, la línea que te une con el destino, con la vida y con la muerte.

Los amplificadores de Mana se crearon con la intensión de combinar un poco de Mana del ser con Magia externa y convertirlo de manera externa en Mana. Y aunque la Magia era un poder indiscutiblemente enorme, el Mana era la fuerza real de todo, si se compara la Magia sería el océano y el Mana era el instrumento con que podían mover el océano, entre más grande este, más agua podrás mover a tu placer.

Por algo el inmortal se le consideraba un monstruo y una creatura atemorizante para los Dioses, su Mana era tan inconmensurablemente enorme, que podía mover todos los océanos a voluntad. Y los Dioses al ser fuentes de Magia pura se sentían atemorizados de esta capacidad de aquel ser.

Danais viendo una oportunidad para mejorar asintió con la cabeza y con un gran brillo en los ojos, no lograba contener sus ganas de poder participar.

CONFRONTACIÓN, IRA, TRAICIÓN Y FESTIVAL.

Capítulo 10. Estrofa diez, Tierra.

Comprendiendo el peso de los pecados

que llevara a un cuerpo a la putrefacción

entregare mi alma a cambio de redención.

Con las piezas puestas sobre el tablero, la trama de manipulación de la reina Imber empezó a tomar forma. Aunque lo que le había dicho a la chica era real, la verdad es que la meta de ella era diferente siguiendo las palabras de la Diosa, entonces volvería su estado natural el equilibrio de los bosques y la protección directa que las ninfas y demás creaturas tenía antes de la gran guerra.

La única forma de comprobar eso era ver si ella era capaz de apagar el fuego del bosque, ese fuego infernal que confabulaba con la Oscuridad para atrapar las almas. Y no solamente eso, sino restaurar lo que existía ancestralmente, la unión de energías que existían entre todos los cuerpos de Agua, el viento, la Tierra, el mismo fuego y la naturaleza misma.

Danais estando mucho más que emocionada se acomodaba la ropa de combate, esperando junto a otros tres adeptos, un elfo, una humana y un … Danais miró al último hombre con aspecto humano, pero que por las ondulaciones mágicas podía sentir que ocultaba algo más en su ser.

Aqua la miraba desde su puesto le hacia un pequeño gesto de saludo y ambas chicas que habían congeniado perfectamente, le respondió efusivamente con una enorme sonrisa de oreja a oreja. Los espectadores animaban a varias ninfas, aparentemente líderes de cada grupo de ataque.

Como le había comentado la noche pasada Aqua, ocultas nuevamente en el claro del bosque; el segundo día del festival de la cosecha trataba más que todo de un evento de demostración de habilidades, aparentemente se formaban cuatro escuadrones liderados por los más habilidosos guerreros mágicos. Todas las ninfas que representaban a un Dios del reino azul se acomodaban imponentemente sobre los demás, conformados por cinco ninfas cada uno y liderados por una capitana.

Los cuatro escuadrones realizaron una sorprendete presentación de su poder.

Primero las del reino Tierra las cuales mostraban como manejaban las ondas gravitatorias para hacer volar en compás enormes rocas, además de formar hermosas figuras en arena.

El segundo en presentarse el fuego, realizaron hermosas figuras en el cielo con fuego mágico multi color, presentando por último una enorme nube de fuego de color blanco, el fuego más potente de todos.

El tercer escuadrón el Aire, mostro como su dominio sobre

las nubes del cielo, volando por los Aires impulsadas con las ráfagas de viento, crearon hermosas figuras en las nubes.

Por último, el agua, con las nubes atraídas por las del viento, crearon una bella brisa sobre todos, pero antes de mojar a todo el público lo suspendieron en el Aire, gotas de agua flotando sobre sus cabezas extendiéndose kilómetros y kilómetros, mientras hermosas figuras acuáticas se presentaban y hermosas ninfas marinas nadaban en los cielos con una hermosa danza.

Cuando terminaron cada una las generales del Aire, Tierra y fuego animaban a sus adeptas, pero cuando las del Agua terminó la gran reina se levantó de su silla aplaudiendo. Danais se fijó que ella se veía orgullosa de sus chicas, pero también como Aqua agachaba un poco la cabeza ante la mirada juzgante de su madre. Según lo que había contado la chica a Danais, la reina realmente estaba totalmente decepcionada de Aqua, al parecer, porque no era una ninfa hija de un Kodama y otra ninfa, sino porque ella misma es hija de un humano y que por suerte nació mujer, pero con los poderes reducidos de una verdadera ninfa. una mestiza.

— Fue realmente magnífico, la forma como equipo logran una armonía perfecta me demuestra que todas ustedes logran el grado de guerrera y podrán hacer parte de las filas que combaten el mal. — mientras todos aplaudían, la reina asintió a todos para silencialos —. ya, ya, ciertamente la fuerza es algo importante entre nuestras filas, pero jamás olviden mis niñas, que esta prueba no es solo para medir su fuerza, sino también su poder interno y su destino. Antes que ser guerreras somos ninfas, somos madres, somos esposas, somos hijas de los Dioses y como tal estamos acá para adorarlos. Así que no desesperen si no lograr terminar la prueba, porque, aun así, el éxito siempre las precederá ¡por tener la valentía de enfrentarse al festival de la cosecha! — la reina gritó, y todos con un gritó de batalla gritaron.

Uh—uh—uh—ha—ha—ha—uh—uh

Repitiendo una y otra vez, al son de los tambores, repentinamente todos se callaron y la reina tomo una posición más seria.

— Como dicta las grandes tradiciones, los Dioses nos entregan un regalo único. — señalando el gran báculo flotando aun en la plaza —. una vez cada cien años, un arma, una posición o un arte mágico de nivel alto, superior a todo lo conocido, es enviado para ser dado al guerrero más fuerte y valiente perteneciente a otras razas, como ofrenda de paz y unidad de parte nuestra, hijas del reino Azul.

Haciendo una gran venia, la reina se inclinó hacia los invitados, las demás ninfas las acompañaron segundos después, con la pierna izquierda cruzada y una mano en el pecho, mostraron el saludo formal de bienvenida a los extranjeros.

La primera en responder fue el elfo, este realizo una venia con la mano e inclino la cabeza, una señal de respeto típica de su raza. La siguiente, la humana, puso su puño sobre su corazón y realizo una ligera venia, con un rostro serio, dio varios asentimientos a los presentes, siendo este el saludo que a Danais le habían enseñado cuando niña destinada a su raza. El siguiente, fue ese chico que ocultaba algo en su ser, este callo sobre una rodilla y enterró la espada que llevaba en el suelo, tomando el mango con ambas manos toco su frente, se levantó bruscamente asintiendo hacia la reina, Danais observó el desconocido saludo frunció el ceño, al igual que los otros dos participantes. Siendo ella la última dio un paso adelante, pensó al igual que la otra humana hacer el saludo típico, pero desde que había empezado aprender tanto de Xoel ya casi no se sentía humana, así que procedió con uno con el que si se sentía cómoda.

La joven suspirando con la cabeza baja miró de repente a la reina, sacó pecho, llevo ambas palmas de las manos hasta su rostro, tocando ligeramente con las yemas de sus dedos su frente, luego sus mejillas y luego rosando sus labios, para finalmente con ambas palmas mirando hacia arriba y lado a lado, suspiró suavemente, como soplando un beso hacia los demás.

Los seres que están allí miraron a la chica atónitos, por el saludo que solo las sacerdotisas pueden hacer; el saludo que su abuela Anakarnia, sacerdotisa del Aire, le había enseñado desde niña.

La reina miró con otros ojos a la chica y prosiguió con su discurso. Varios minutos después, donde la reina recontaba historias de triunfo de los festivales pasados, por fin dieron comienzo a la cosecha.

Los otros visitantes miraban suspicaces a la chica, fueron puestos frente a cada capitana de escuadrón. Según la tradición debían hacer parte de alguno con quien tuvieran mayor resonancia mágica.

El elfo con arrogancia e ignorando a todos se dirigió sin mediar palabras hasta las ninfas del Aire, quienes lo acogieron felizmente. la humana se unió a las ninfas de Tierra, quienes le extendieron la mano cuando sintieron la fuerte resonancia de la chica con este elemento. El otro chico similar como el elfo, se unió inmediatamente a las Ninfas de fuego. Danais se vio repentinamente sola, mirando la cara de pocos amigos de la capitana del Agua, quien desde que llego allí, no había parado darle miradas fulminantes.

— Creó que solo les he quedado yo — bromeó.

La ninfa no le hizo ni pizca de gracia y volteando su rostro con molestia caminó hacia su escuadro, seguida de Danais. Las demás chicas le sonrieron suavemente, temerosas de la posible reacción de su capitana.

Siendo separadas para cada una de las fases de la cosecha, los escuadrones se dirigieron hacia su punto de inicio. Caminado lado a lado, en silencio, chocaba su hombro ligeramente con Aquea discretamente dándose sonrisas emocionadas.

Como le había explicado Aqua, las de Aire iniciarían la travesía, atrayendo con poderosa ráfagas de magia a los miles de espíritus atrapados en el bosque, las almas empujadas por las olas de magia se fueron acumulando como en un embudo hasta el inicio donde el bosque del olvido empezaba arder en fuego. Las ninfas del viento, junto al elfo, flotaban en el Aire propulsando y guiando las almas a un solo lugar.

Cuando llegaron las ninfas del fuego empezaban a manipular dificultosamente las llamas que producía el mismo bosque, un fuego mágico imposible de extinguir y con un poder innato. Las llamas que para cualquier aficionado le sería imposible controlar, finalmente cedió ante las chicas. Danais se sorprendió cuando con su visión especial logro ver que el chico raro ese, era quien, liderada la captura del fuego para las chicas, volviendo mucho más fácil para ellas manipularlo. Cuando la bomba de Aire llego por fin hasta donde el fuego, la pared de Aire se estrelló contra la enorme pared de fuego que se había preparado. Precipitando la primera con la segunda, potencializando aún más las llamas, una enorme pared que se podía ver hasta el horizonte atrapo a las almas dentro de sus fauces. Las ninfas del fuego con una gran habilidad lograron encapsular a las almas dentro de una enorme esfera de magia de fuego, flotando sobre el bosque. Las ninfas de Aire ahora soplaban su viento para lograr que el esferoide no callera al suelo por su increíble peso.

Danais observó asombrada y con la boca entreabierta, palideció un poco ante la vista. Cuando terminaron de estabilizar la enorme bola de fuego, que evitaba que las almas se dispersaran, además de extrañamente protegerlas. Empezaron su caminó despacio hacia el siguiente puesto de control. Las ninfas de Tierra esperaban ansiosas y creando un caminó entre las llamas en la parte del bosque donde eran menos potentes, pero a su vez, donde el caminó era más estrecho, creando escaleras, para que las ninfas pudieran transitar tranquilamente. Pero este era destruido inmediatamente al pasar por él, debido a la presión mágica del fuego, siendo necesario que estas crearan el caminó por donde pasaba constantemente, para evitar que sus pies se quemaran. La capitana junto a la chica humana creó una capa de piedra para cubrir la bola de fuego, según le explico Aqua, para evitar que este quemara vivas por accidente a las ninfas.

Cuando por fin llegaron hasta ellas la capitana se metió en medio de Aqua y Danais.

— Perras. — insultándolas con un mascullo.

— Disculpa que dijiste. — Danais quien, en esos últimos días, cierto anciano le había potencializado sus sentidos a un nivel anormal y que además poseía un temperamento que solo era rivalizado por su abuelo, empujo de vuelta a la ninfa.

— Qué demonios te pasa. — la ninfa le gritó iracunda.

— Oh. — fingiendo sorpresa Danais se tocó el pecho — ¿te lastime? No fue mi intención…

— Qué demonios estás haciendo. — le susurro aterrada Aqua cuando vio la ira acumularse en el cuerpo de la capitana.

— Oh, un poco de karma…

— Tienes algún problema conmigo.

— No, pero parece que tu si conmigo.

La capitana sin medir palabra se abalanzó sobre Danais, pero fue interceptada por otra ninfa.

— Chicas, en unos minutos llegaran los otros escuadranos y

debemos estar en posición para recibirlas, no es hora de discutir. Yen— reprimiendo a la capitana, la ninfa la llamo por su nombre —, no podemos fallar.

La capitana que afloja su molestia volteo su rostro y se paró sobre su posición asignada inicial.

— mestiza —renegó señalando a Aqua —, no quiero que tu asquerosa magia se combine con la nuestra, así que solo finge que haces los movientes y tú, — señalando a Danais, quien fingió sorpresa algo ofendida —, tampoco quiero que la tuya interfiera.

— Pero Yeny, este trabajo está diseñado para mínimo cinco personas, acordamos que Aqua debía poner, aunque sea algo de magia — la ninfa que había intervenido anteriormente miró preocupa a la capitana.

— Con la mía será suficiente, tengo de sobra, por eso yo si soy realmente digna. — dirigiendo su mirada hacia Aqua.

Las dos chicas fueron rezagadas a un lado, observaron como las otras cuatro ninfas, encabezada por la capitana, presionadas por el poder de estas, miraban preocupadas por el plan de su capitana.

Incluso Danais a quien Aqua le había explicado su función, comprendía la importancia de un frente completo y unido. También miró a Aqua la cual se hundía poco a poco en sus pensamientos, deprimida, consternada aún más por su exclusión del pueblo donde ella tiene derecho de sucesión, siendo la misma hija de la reina. Frunciendo la seño Danais torció un poco su boca disgustada, pero sintiendo la firma mágica de esas ninfas, una tétrica sonrisa apareció en su rostro.

Aqua sintiendo un poder ominoso proveniente de su nueva amiga. Trago saliva cuando creyó ver un demonio apoderada de Danais. Cuando la aparente malvada chica sintió la mirada de Aqua sobre ella, su aura maliciosa se ocultó, ella inconscientemente había dejado salir un poco ese poder de la Oscuridad en su cuerpo.

Las chicas del resto del escuadrón sintieron escalofríos, excepto por la capitana, pero estas no fueron capaces de voltear a mirar la fuente de esta fuerza siniestra.

Cuando las ninfas que empezaron el transepto por la parte menos peligrosa del bosque por fin llegaron hasta ellas, las ninfas del Agua empezaron a extraer agua directamente de las nubes que se habían acumulado desde esa mañana, llevando el agua hacia los costados del caminó creado constantemente por las ninfas de la Tierra, dando así un manto de protección contra las peligrosas llamas del bosque. A pesar del increíble poder del fuego, este no lograba evaporizar el agua convocada, en cambio, mientras unas mantenían la pared de agua mientras avanzaba, otras dos atrapan el vapor creado y lo condensaba, se suponía que otra dos o una más, tendría que atrapar estas gotas y volverlas a incorporar a la pared, pero por la arrogancia de la capitana, esta era quien lo hacía, gastando su poder más rápido de lo que creyó.

Cuando habían pasado la mitad del camino, Danais caminaba relajada, mirando el paisaje, mientras las demás ninfas trabajan arduamente, junto a los otros tres invitados. Mirando a Aqua fingir hacer los movientes de la captación de las gotas… Danais empezó a sentir las miradas de resentimiento de todos, quienes empezaban a mostrar indicios de agotamiento por el esfuerzo constante de creación, manipulación y moldeamiento de los elementos. Cansada por las miradas hostigaste y el silencio, que solo era acompañado por la respiración pesada de todos.

— ¡ejem! — Danais carraspeo un poco la garganta antes de hablar —. no me miren así chicos ¡esa insufrible persona me exigió que no metiera mi magia! ¡Que era desagradable! Y yo no quiero incomodarla. — Danais expreso sus pensamientos con sorna y un tono algo juguetón.

La capitana del Aire miró aturdida a Yeny. — ¿es enserio? —. sin siquiera dudar ni un poco en las palabras de Danais, aparentemente porque este parecía ser un comportamiento recurrente con la ninfa esa.

— ¿Que? ¡Claro que no! Jamás me atrevería hacer tal cosa, es esa chiquilla, mirala, se cree la gran cosa, desde el inicio se negó a estar bajo mi mando, apuesto que ni resonancia con el Agua tiene, al principio la analice y esa perra ni siquiera tiene un pequeño indicio de poder mágico recorriendo en su cuerpo.

— Es que eres estúpida. — la capitana del fuego le chisteo —. ¿acaso no estuviste cuando ella llego? Es obvio que ella si tiene poderes mágicos.

Las capitanas empezaron a discutir entre sí, aun caminado y maniobrando. Danais observó como estas regañaban a Yen.

— Por favor disculpala, esta pequeña tonta se cree mucho por tener un poco más de mana que las demás. En serio necesitamos que nos eches una mano…

Y antes de poder siquiera terminar una de las ninfas de Agua, que estaba agotada ayudando a la capitana a reabsorber el Agua condensada, perdió la conciencia, cayendo directamente sobre el hueco en la pared sobre las llamas. Aqua siendo la más cercana la sostuve con un brazo, mientras que con el otro alzaba nuevamente la pared izquierda. Y aunque su actuar fue rápido, algunas de las llamas las logro tocar a ambas, junto a otra chica del fuego quien sostenía la bola de fuego.

Creando así una enorme reacción en cadena. La chica de fuego que fue herida, debido a la sorpresa titubeo un poco con su poder, haciendo inestable la masa, lo que permitió que varias almas escapasen hacia la primera capa, entre el fuego y la roca. Aunque las ninfas de la Tierra apretaron con fuerza para evitar que colapsara.

Todas se detuvieron atónitas esperando que la esfera se estabilizara. Cuando por fin dejó de temblar, la ninfa del fuego quemada empezó a respirar erráticamente, al igual que Aqua y la otra ninfa del Aire.

— Oh Dios mío, lo siento, lo siento.

— No te preocupes, mirame, Mariam. — la capitana del fuego trataba de llamar a la colapsada chica —. mirame, todo está bien, todo estará bien.

— Mentirosa, tu, como yo, sabemos que, si la formación se daña, la posibilidad de morir aumenta, más y más, mira la esfera, apenas es capaz de contenerse. Si llegamos a soltarla antes de tiempo, si esas almas escapan, nuestras almas serán arrastrada con ellas y luego el maldito fuego nos quemara sin dejar rastro alguno.

Los jóvenes comenzaron a entrar en pánico poco a poco, susurrando para sí mismo.

— ¡Claro que no! Aún tenemos oportunidad de terminar, todos vivos. — mirando al grupo con valentía. Pero al ver a las ninfas heridas y el rostro de terror de los demás no fue capaz de animar al grupo.

Mientras tanto Aqua empleaba el poder sanador sobre las heridas de las tres, mientras a duras penas lograba mantener la pared de Agua que las protegía.

— Solo faltan cinco kilómetros ¡cinco! Si la pared de piedra logro estabilizarse es porque aún es capaz de contener las almas, solo es no aflojar el paso, vamos, vamos. — alentando a todas a seguir Aqua tomo el liderazgo y llevó sobre su espalda a su compañera inconsciente.

Con las heridas casi sanadas Mariam empezó a estabilizar aún más su poder sobre la esfera. Mientras Aqua sostenía aun a su compañera, con una mano le daba sanación y con la otra estabilizaba la pared. Cuando las demás ninfas vieron que podían seguir incluso los visitantes se sintieron alentados por el liderazgo de la joven princesa. Danais sonrió ante la nueva resolución de su nueva amiga, pero su sonrisa desapareció cuando sintió la firma de magia de las ninfas del Agua empezaban a declinar abruptamente. E incluso antes de poder decir algo, la capitana con algo de cordura dijo:

— No creo que lo podamos hacer. — ahogada y sudorosa, la ninfa se mordió los labios frustrada —. mi magia y las de las demás, estamos exhaustas, subestimamos este horrendo fuego afuera nuestro. — casi llorando, frustrada, miró a sus compañeras.

— ¿A qué te refieres? — La capitana de fuego la confronto —. se supone que el poder mágico fue calculado para ida y vuelta, no importa como vayamos ahora, debería al menos estar por encima del 50 por ciento —. pero la ninfa del Agua solo desvió su mirada, al igual que las otras —. tendremos que devolvernos, sino lo hacemos ahora, entonces, sin protección del Agua seremos quemadas vivas.

— Creó que eso tampoco es posible —. Danais por fin intervino. Todos los ojos se posaron hacia ella —. el poder mágico de estas 5 ninfas, incluso Aqua —Dijo Danais señalando a su nueva amiga, quien estaba en el frente cargando a su compañera —, están por debajo del 30, si acaso tendrán para llegar hasta la cima, apenas para llegar y morir, porque necesitarían quemar hasta su mana para poder llegar. Y todo por su arrogancia…

— Callate. — Yeny sintiéndose aludida por el comentario de Danais, aflojo un poco su barrera por la falta de energía, permitiendo que un poco de fuego la alcanzara, pero antes de producir un daño grande, logro cerrarla.

— Por favor explicate. — el extranjero que se unió al grupo de fuego confronto a Danais.

Tomando un poco de aire y lamiéndose los labios Danais miró a Yeny. — esta pequeña insolente, primero fue tan estúpida como para evitar que no solo una, sino dos personas de su equipo ayudáramos con magia para poder lograr la meta, ella obligo también a Aqua para evitar que ayudara.

— ¡En serio Yen? — una de las ninfas de Tierra miró acusante, recibiendo únicamente un encogimiento de la aludida—. Pero dijiste que las cinco están por debajo del 30 y aun que ahora ella está dando magia para curar y establecer el muro, eso no la dejaría en ese estado, ni siquiera siendo mestiza.

Danais habiendo esperado esa pregunta sonrío maliciosamente.

— Oh, eso es seguro ¡por que la magia de esta chica realmente es cosa de locos! Pero es tan noble o quizás estúpida —aludió mirando con algo de lastima a Aqua. La cual al presentir lo que dirá, pero al ver el rostro de Danais, no fue capaz de renegar —. fue coaccionada por esta pelmaza, para hacer un contrato de subordinación.

Dejando caer la bomba, Aqua oculto su rostro avergonzado, mientras Yeny negaba con la cabeza. Los contratos de subordinación o más conocidos como de esclavismo eran contratos prohibidos creados por la Diosa del Caos, la reina de la magia prohibida, llena de tabúes. El contrato que obligaba al subordinado darle algo a la dominante del contrato, la práctica que era prohibida, incluso castigada con la muerte instantánea cuando se era reconocida públicamente.

Tal contrato aberrante que prohibía a la parte dominada a revelarlo, amenazado con la muerte, también era tan fácilmente aplicado, que ni siquiera necesita el consentimiento de la otra parte para crearlo, claro, a un alto precio.

— Esta ninfa no sé cuándo y, pero quizás se porque, creó un contrato aberrante con alguna creatura procedente del miasma a cambio de su alma… un contrato donde obligaba alguien a darle la magia que producía… para siempre. Por eso Aqua mantiene cansada y débil, no es porque lo sea, es porque esta pequeña sanguijuela, que pregonaba contar con una enorme cantidad de magia absorbía todo de ella. — señalando a Aqua.

El grupo empezó a mirar juzgante a Yeny, pero sin prueba alguna realmente no podían hacer nada, Danais dejándose apoderar un poco de esa locura juguetona la Oscuridad, apareció entre sus manos una hoja repleta de miasma, haciendo erizar a todos de miedo.

Yeny reparo el contrato que tenía su aura impregnada fue expuesto y trato de alcanzarlo. Ya que estos contratos cuando eran enseñados a la luz mostraban con un hilo oscuro a quienes tenía unidos, revelando la unión entre el dueño del contrato con un hilo negro y con una cadena a quien tenida esclavizada.

La razón por la que la sentencia de muerte era inmediata se debía a que era la única forma de eliminarlo y liberar al subyugado. Pero lo que sorprendió aún más es que no solo era Aqua quien tenía las cadenas, sino también las otras chicas del escuadrón de Agua.

Antes de siquiera Danais reaccionar el elfo colérico lanzo una flecha de Aire comprimido directamente en el corazón de la ninfa traidora. Los elfos siendo creaturas arrogantes, eran los que más odiaban los contratos de subordinación, al haber sido su pueblo esclavizado desde hace unos cientos de años con este.

Antes de que las otros reaccionaban y por la muerte repentina de aquella capitana, la pared de magia derecha se desmorono, pero antes de que el fuego las alcanzara, volvió a formarse al su alrededor, poco a poco, una enorme y más amplia pared los apartaba del mortal fuego del bosque.

Aquellos que había cerrados sus ojos ante la inminente muerte, abrieron lentamente sus ojos al no sentir el calor de las llamas, viendo directamente a Danais. Ella con los brazos alzados manipulaba con total facilidad el Agua e incluso cuando las otras ninfas ya habían dejado de hacerlo.

— Yo me encargare de esta pared, Aqua por favor sana las quemaduras, me imagino que al terminar el contrato para cuando lleguemos a la cima volverás a estar a tope de poder.

Por el impactante momento ahora las ninfas de fuego y Tierra pasaban un mal momento, las ninfas del Aire habían casi dejado caer la esfera al suelo y por poco la rompen, pero su poder había descendido por el esfuerzo extra de mantenerlo, incluso del elfo, la humana y la otra extraña creatura, se veían agotados.

Danais había previsto tal situación, ayudo a las otras ninfas, impulsando con viento para volver a subir la enorme esfera, antes de que callera sobre todos. luego ayudo a fortalecer la Tierra, compactándola aún más, creando una barrera nueva de acero, finalizando comprimió el fuego que había salido de su control dentro de la esfera, evitando que las almas escapasen de su dominio.

Los escuadrones suspiraron en descanso por el alivio de la carga, las ninfas miraban a Danais comprendiendo el edicto de la Diosa de madera.

Mientras los extranjeros cambiaron su vista de la chica a una de admiración.

— Es todo lo que puedo ayudarlos, podría hacer más, pero esto es una prueba de equipo, así que Aqua, sana a tus compañeras y estas por favor cuando estén mejor ayuden a recuperar a los demás. Yo sostendré la pared hasta que lleguemos a la cima y aunque realmente tengo un enorme poder mágico y de mana, joder, este fuego no es algo que quiero subestimar — bromeó aliviando la tensión de todos.

Acordando así seguir hacia adelante. Cuando por fin llegaron a la cima, un enorme prado que rodeaba el cráter el volcán los saludaba. Eufóricos apresuraron el paso hasta llegar hasta el altar donde podrían descansar antes de empezar la ceremonia de liberación. El altar que estaba construido en madera y alineado con enormes rocas de poder mantenía durante una hora el esferoide, para dar así tiempo a los adeptos a recuperarse antes de proseguir la parte final de la prueba.

Descansando, exhausto, sudorosos y algo contentos, todos se codeaban entre sí sentados sobre la blanda y cómoda madera.

— Realmente no pensé que algo así sucedería! Wow! — la humana quien estaba con los de la Tierra, salto vislumbrado —. me habían dicho que esta prueba podía ser considerada como suicida, pero las ganancias, además de la experiencia podía ser considerada como iluminadoras. Aunque la parte del medio fue realmente dramático. — la chica con rasgos asiáticos despotricaba mientras caminaba alrededor, sin dirigirse a nadie en específico.

Los demás empezaron a reír joviales ante el asunto, mientras, el escuadrón del agua apartadas del grupo lloraba, se abrazaban y se consolaban mutuamente. Los demás quien ignoraban el intimo momento no se atrevían a opinar o a intervenir. Aquel asunto afectado muchísimo más a las víctimas que lo cualquiera podría pensar, quien sabe que más cosas abria obligado Yeny para satisfacer su codicia. Aquel suceso, mundialmente reconocido como tabú, incluso tenía protocolos a seguir, actos de modales mínimos acordados entre todos. Una de esas excepciones a la regla, como la ejecución inmediata para un conjurador del miasma, sino también un pacto de silencio sobre todo lo relacionado, jamás se revela al exterior quien realizo el pacto y quienes fueron sus víctimas. Para poder guardar su dignidad.

Después de terminar de recuperarse se situaron en círculo en el norte el fuego, en el sur Agua, en el este Aire y en la oeste Tierra.

Las capitanas de las ninfas, siendo Aqua quien remplazo por conceso de su escuadrón. Tierra, Aire y fuego se disponían alzando sus manos, para poder liberar del sello de la esfera, mientras que Aire mirando hacia donde estaba el libro de la muerte, abria el telón de niebla que cubría constantemente el libro.

Permitiendo ver flotando un enorme y cerrado libro que rotaba en su eje donde solo se veía su caratula.

Deus auten Mors — Liber Animarum.

Los extranjeros contemplaban aquel espectáculo. Cuando el libro se abrió mostrando sus hojas blancas y empezaba a succionar las almas que eran liberadas de la enorme esfera. varios minutos después y con mucho esfuerzo para evitar que las almas salieran de golpe y que la niebla que ocultaba el libro desapareciera, finalmente las ultimas almas entraron en su interior.

Cuando por fin creyeron que había acabo, Danais miraba absorta en silencio se percató que se había acercado peligrosamente hasta el cráter, caminado sobre el Aire, sobre las sombras, embelesada por el libro.

En el fondo podía escuchar tenuemente los gritos de sus compañeros, quien le gritaba que era peligroso. Pero su cuerpo se estaba moviendo solo. Estando casi por tocarlo escuchó un gritó que el sacó de su hipnosis antes de acariciar el libro que devoraba las almas. El cual se cerró ante la presencia de Xoel.

Xoel había llegado unos minutos atrás hasta la villa de las ninfas, cuando celebraban otra parte del festival. Encontrándose nuevamente con la reina Imber. Quien sonriendo le había dicho que era demasiado tarde. El hombre voló entre el bosque a toda marcha ante la imposibilidad de sobrevolarlo sin perderse en el mismo, siguiendo el rastro de mana de su nieta. Cuando llegó vio a la joven flotando enfrente del peligroso libro e inconscientemente gritó su nombre.

La chica había reaccionado a su abuelo y Xoel creyó que había llegado a tiempo, pero antes de poder alejarse un hombre musculoso apareció detrás de ella y empujándola terminó tocando el libro.

Sin poder reaccionar, Danais escuchó el susurro del Dios en su oído.

— El Dios de la Tierra te da su absoluto afecto, sin límite alguno.

para luego simplemente desaparecer, siendo absorbida por el libro de las almas.

PRUEBA, MAGIA OSCURA Y EL LIBRO DE LAS ALMAS.

Capítulo 11. Estrofa once, espacio.

Pero ¡ay de aquellos que no entienda la inmortalidad

porque solo les quedara dos caminos,

la eterna soledad o la distorsión de su verdadero destino.

Xoel no había logrado alcanzar a Danais. Tan solo a nanosegundo antes de terminar de ser absorbida por el libro, el terminó atrapando solo la sombra del poder de la chica. el libro, al igual que Danais había desaparecido. Mirando hacia todos lados su mirado recayó sobre el Dios de la Tierra, el hombre de cabello castaño y hoyuelos le sonrió a Xoel, terminado siendo envestido por el inmortal.

El Dios de la Tierra terminó arrastrado por el borde del volcán, enterrado en un cráter creado por su caída, se levantó quitándose el polvo de su cuerpo. Con un rostro de pocos amigos se alzó sobre los cielos, enfrentando a Xoel.

Los chicos que estaban allí, aterrados por la enorme presión mágica del Dios empezaron a desmayarse uno tras otros, los que menor poder mágico tenían fueron los primeros en caer, quienes duraron más fue Aqua y finalmente el extraño humano, que con escamas en el cuerpo gruñía ante la presión mágica. Xoel sintiendo la presión mágica de un dragón joven cerca y negó con la cabeza tenía que concentrar por completo en el Dios de la Tierra.

— ¿Por qué demonios hiciste eso?

Ante el silencio del Dios, Xoel se enojó aún más.

» ¡Responde bastardo, responde joder! Sabes lo que le pasara a esa niña alla adentro. — señalando donde antes estaba el libro —. cunado logre salir de allí ¡si logra salir de allí! Su alma, su ser, su propia esencia saldrá tan retorcida que desaparecerá el cómo es ella, podría salir una asesina en serie, podría salir como alguien destrozada sumida en depresión, como alguien narcisista, por todos los Dioses… — tomándose la cabeza con frustración —. mierda, ella podría salir con sed de sangre, matarme a mí, a estos chicos… a ti y los que son como tu —. mirando a la Tierra, quien empezaba a fruncir el ceño.

— No, claro que no, ella me dijo que… ella aseguro que…

— ¿Quien? no puede ser ¿también fuiste manipulada por Caos? Que imbécil, no aprendiste nada de fuego y Oscuridad ¡mira en que quedaron reducidos!

— Claro que no, yo no he sido utilizado ¡yo elegí esto! ¡Nada malo pasará, ella cumplirá con el edicto traído por madera!

— Creó que no será así — un murmullo floto entre los árboles.

La Diosa de la madera flotó entre ambos hombres, mirando

con desaprobación al Dios de la Tierra.

— De eso no trataba el edicto imbécil.

— ¿Como así?

— ¡Como escuchas imbécil! ¡siempre con la cabeza metida en la Tierra! ¡Acaso no aprendes nada de tu hermano imbécil fuego! Mira en lo que terminó el idiota.

Madera señaló el enorme bosque, que ardía eternamente y no resultaba nada más que ser el mismo Dios del fuego. Que después de haber sido usado por el Dios del Caos había sido reducido a una simple llama.

La Diosa del Caos al haber perdido la guerra, después de haber manipulado a varios Dioses a su favor y de crear esa inestabilidad mágica, creando las brechas dimensionales y sobre toda la puerta de la muerte en el cruce del Bering.

Caos quien solo juaga un ganar a ganar, en un intento vano para evitar que Xoel se volviera en sur inmortal que pudiera enfrentarla, había tocado el núcleo del Dios del Fuego y con su poder de Caos logro inestabilizar su forma en el plano mortal, con su reino atado a esta Tierra sus últimos rasgos de conciencia se unieron a lo más cercano que pudiera contener su poder. El bosque que poseía un alto poder de mana apenas era capaz de contenerlo, finalmente este estallo en llamas y empezó a extenderse en casi todo el bosque.

La Dios de la muerte invocado por la Diosa de la madera, libero el poder que contenía el libro de las almas y dejando salir una única alma, con una enorme capacidad de mana capaz de controlar al Dios del fuego, para evitar su extinción y a la vez aumentar la inestabilidad del mundo. El alma de Xoel fue aquella alma que salió para poder evitar la muerte de fuego. Este a su vez estaba atada por el cantico de la oda de la inmortalidad, evitando así que el alma volviera al cuerpo de Xoel y a su vez que muriera.

El Dios de la Tierra que en realidad era alguien muy nervioso, empezó a hiperventilar.

— rayos, no puede ser. Que estaba pensando, deje que esa perra volviera hacer de las suyas, como puede ser.

Suspirando la Diosa de la madera y el inmortal negaron con la cabeza.

— Olvidalo, esa perra tiene esa capacidad de influir en nosotros, no me agrada aceptarlo, pero es lo que es. — madera palmeo a Tierra, mientras purificaba la malicia que esa bruja le había expandido por el cuerpo.

— ¿Qué piensa hacer entonces Caos? — Madera increpo a Xoel.

— No sé, Dios mío, por tercera vez en mi vida no sé qué hacer. Perdí su rastro apenas fue absorbida. Así entre al espacio entre el mundo mortal y el de Erebo, no creo que sea capaz de rastrear un alma en ese espacio infinito.

— Podrías pedirle ayuda a Espacio, es un solitario, pero no dejaría a una pequeña niña profetizada flotando a ciegas en el espacio entre la Tierra de los muertos y el de los vivos.

Xoel se incomodó un poco — bueno, la cosa no es con espacio, es Oscuridad.

— Ah ¿la pequeña riña que tuvieron afuera? — madera se rio jocosa.

— Enserio me agrada el hombre, pero solo cuando está en su entorno, cuando está cerca de luz empieza a enloquecer. Y creó que lo deje un poco ... lastimado.

— No te preocupes por eso. — Madera lo tranquilizo —. lo dejaste tan mal, que el imbécil fue llorando hacia nuestra madre destino. Está en el origen de todo tratando de recuperarse. — suspirando miró el bosque —. ojalá pudiera hacer los mismo por fuego…

Madera tenía su reino mágico en empíreo, el mismo paraíso, junto a luz y vida. Ella tenía la capacidad de expresar su reino solo atrás vez de la unión de sus hermanos menores, los del reino Azul. Incluso impuso allí su terreno, para poder proteger a su torpe hermano en llamas menor.

Considerando la idea de madera, Xoel con el permiso de la Diosa trato de entrar en el reino de espacio, fallando en el intento.

— ¿Que esperas? Vamos, largate, trae a esa niña.

— ¿Crees que no lo estoy tratando? — irritado Xoel trato de abrir una singularidad directa al espacio, fracasando —. creó que Espacio cerro sus fronteras.

— Bromeas, espera. — Madera quien intento abrir una brecha frunció la seño… —. tampoco puedo. — mirando a Tierra, quien también intento negando con la cabeza — oh -oh.

Mientras tanto Danais flotaba en el sin fin del vacío, creado entre las dimensiones de Erebo y el mortal. Junto al libro de las almas mientras que las almas cruzaban a la Tierra de los muertos, hasta dejarla finalmente sola.

Flotando en la oscuridad su cuerpo inestable empezó a fluctuar, como si se tratase de una televisión dañada tratando de conseguir una frecuencia que mostrar. En su interior, las fluctuaciones en el tiempo, la cuales no tenía ninguna influencia en la Tierra del Dios del espacio, trataban de empujar a Danais atreves del tiempo, su cuerpo y su alma fueron arrastrados atreves de un torrente entre el tiempo y el espacio. Siendo imposible salir de la barrera del espacio, terminó siendo lanzada en alguna parte del tiempo, de la cual no era consciente.

Salto por el impulso de ser arrastrada, ahogada flotando en el espacio finalmente Danais despertó, flotando aun en el inmenso vacío, sus ojos se ajustaban a la oscuridad y aunque no podía ver nada mas alla de unos cuantos metros de si, esta vez no había entrado en pánico. Mordiéndose los labios pensó en las enseñanzas de Xoel, trato de acumular poder espacial en su vientre para poder salir de aquel lugar. Fallando en los primeros intentos.

De acuerdo con las enseñanzas de Xoel, el tiempo y el espacio era lo más difícil de aprender y ella aún no había logrado hacerlo sola. Pero eso mismo hacia imperioso que saliera de aquel lugar, ya que esa cantidad de poder rodeándola hacia fluctuar aún más su inestable poder. Quizás podría quedar atrapada en un bucle donde saltaría constantemente en el tiempo sin control alguno.

Después de unas horas tratando de salir, Danais extendió sus brazos.

— Estoy arruinada.

Frustrada por su falta de habilidad y la incapacidad de salir de aquel lugar, comenzó a dudar de su propia habilidad. Su consternación no duro mucho, mirando el libro de las almas, que no se había atrevido volver a tocar, pero que misteriosamente no se había alejado de ella, mirándola.

— Bueno, como dice Xoel, lo que no me mate… me volverá más fuerte.

Danais respiro profundamente antes de impulsarse con viento hasta el libro, antes de tocarlo dudó un poco, pero considerando que no tenía que perder y la primera vez no la mato, no vio mucho peligro. Abriendo, hojeo las páginas en estas.

— Que mierda....

Ofendida por que el libro que quizás podía entretenerla un poco, resulto estar lleno de malditas páginas en blanco.

— Que maldito robo. Tanta mierda para nada.

Otra cosa que Danais tenía, era que había adoptado demasiado el mal vocabulario de su abuelo. Molesta, paso rápidamente las páginas hasta que finalmente, llegando a una página especial vio un nombre que estaba claramente escrito en medio de una de las páginas.

Elian ad Deum di Benek

Danais observó el apellido frunció el ceño, ese era el apellido de su abuelo, tanto del como hijo de la muerte y como rey de Bal-Liar. Aún más extrañada, el nombre empezó brillar con una gran intensidad y a su vez una luz en la lejanía brillaba con el mismo ímpetu. La pequeña luz fue poco a poco aumentando cada vez que se acercaba más a la fuente de ese poder.

A pocos metros de ella vio la figura de un bebe, flotando en el vacío, con una piel como escarcha y arropado con una manta roja de fina tela. Cuando por fin tomo en sus brazos al pequeño niño con cabello rizado, rubio y de mejillas regordetas, Danais sintió una enorme fuerza que la arranco del espacio y siendo expulsada a un lugar brillante.

Habiendo caído de culo, se levantó abruptamente, tomando el libro tirado en el suelo lo envió en su anillo dimensional y busco rápidamente al pequeño bebe que había tenido en sus brazos.

Antes de terminar de buscar, el llanto de una creatura llamo su atención. El pequeño niño que había visto en el espacio estaba ahora totalmente vivo sobre una hermosa cuna, adornada con piedras mágicas. Suspirando con tranquilidad tomo la pequeña mano del niño y no comprendió como hace un momento lo había sentido helado y sin vida, pero ahora era como si jamás hubiera sucedido. El niño extasiado paro de llorar y le daba una enorme sonrisa.

Danais quiso alzarlo, pero fue interrumpida por la entrada de una mujer y aun que su apariencia ahora era diferente, ella sabía quién era. Caos se había escabullido a través de la una brecha dimensional. La mujer con cabello plateado y ojos negros se acercó al bebe. Danais pensó que sería descubierta y asesinada, confundida vio como Caos pasaba por su lado sin siquiera presentirla.

Danais miró sus manos casi traslucidas y salto del susto cuando un joven hombre, de cabello rojizo la miraba y con el dedo índice le hacia una señal de silencio. Danais vio los ojos oscuros y sentía un poder divino proviniendo de él y asintió con la cabeza.

Caos ignorante de las dos personas extra en la sala, toco la mejilla de la creatura con una ternura que jamás creía capaz. Pero esa tierna imagen desapareció cuando empezó a crear una distorsión el Aire, él bebe empezó a jadear por la falta de este. Danais queriendo intervenir fue retenido por Espacio y antes de poder reaccionar, una ola de desgracias se apodero de la habitación.

Caos ahogando al niño tomo la imagen de otra mujer, más alta y curvilínea, preciso cuando un hombre galante, alto y pulido entraba en la habitación. El hombre que reconoció como una mejor y bella versión de Xoel, sin barba y sin harapos. Con un rostro que poco a poco cambio de un amor a un odio profundo e irreparable.

Corriendo directamente sobre ella, la cual escapa segundo antes de ser atrapada, quedando solo la enorme sed de sangre y un bebe muerto en la habitación. Xoel tomo el niño en brazos soltó un gritó desgarrador y llorando profusamente se derrumbó sobre el suelo.

La mujer de quien había tomado la misma apariencia Caos apareció asustando ante el gritó del hombre. Para encontrarlo irradiando sed de sangre, dejando al bebe sobre el suelo se abalanzó sobre la mujer con intensión asesina. Ella asustada reacciono parando el tiempo. Allí Danais se dio cuenta que aquella mujer era la Diosa del Tiempo.

La Diosa mirando aturdida al amor de su vida tratando de asesinarla, pasando por alto a Xoel inmóvil atrapado en el reino del tiempo. Se acercó hasta el niño dejado en el suelo, lo alzo en sus brazos y con lágrimas en los ojos vertió un poco de poder en su cuerpo, pero el niño lo rechazaba violentamente. Tratando desesperada de revivirlo varias veces la Diosa finalmente desistió, con lágrimas y sollozos lo cubrió con magia de tiempo y lo metió en una pequeña brecha perteneciente al tiempo.

Cuando terminó de hacer esto permitió que Xoel volviera moverse, este se voltio y miró a la mujer con un poco de fría calma.

— Lo mataste perra.

Danais habiendo presenciado lo sucedido trato de intervenir, pero Espacio seguía reteniéndola, negando con la cabeza.

— Esto no es mi culpa, es tuya, es tuya por hacerme creer que podríamos dar a luz a un niño vivo. — Tiempo aún más confundida por lo sucedido envió una onda de magia que golpeo a Xoel, enviándolo directamente desde el empíreo la Tierra santa hasta Tierras mortales.

La expulsión mágica fue tan fuerte que envió a Danais también expulsada, pasando por una caída hacia otra dimensión. El Dios del espacio la tomo en sus brazos y permitió un descenso más tranquilo, entre las dos dimensiones.

Habiendo recuperado un poco la cordura, Danais miró aquel hombre con más detenimiento. El Dios que lo único que hacía era sonreírle de manera escalofriante.

— ¿Que demo…?... perdón. — cerrando los ojos trato de formular su pregunta —. ¿eres el Dios del espacio verdad? —. el hombre asintió con la cabeza.

— ¿Si y tú eres? — Danais descolocada con la respuesta miró al Dios.

— ¿No sabes?

— Si supiera ¿acaso preguntaría el por qué una pequeña creatura anda haciendo un Caos en mi reino?

— Que, yo no. No fue mi intención, supuse que sabrías quien soy.

— ¿Porque debería de saberlo? — el hombre descolocado miró a la joven.

El Dios quien era el rey junto a su hermana tiempo y eran los que daban forma y lugar al universo mismo, se sentía extrañamente atraído por la pequeña creatura que estaba empapada por enormes cantidades de magia de casi todos los Dioses. Pero lo que lo tenía aún más extrañado era la inusual cantidad de magia Espacial en su cuerpo, lo cual solo podría suceder si ella fuera un descendiente directo de él, Lo cual era imposible.

— Bueno, todos los Dioses hasta ahora lo han sabido… yo, no sabría explicarlo, no soy un Dios.

— No, no lo eres, pero si eres hija de uno.

— ¡Ah! No hija, nieta, ese hombre Xoel, él es mi abuelo.

El Dios del Espacio, descolocado miró a la chica, con una

expresión confusa.

— El único hijo que ese hombre ha encarnado es a ese bebe. — el Dios señalando a la pequeña creatura ahora flotando cerca de ellos muerto, — es imposible que un muerto traiga a la vida alguien más.

— Oh, no, no soy hija de ese niño, de otra persona, de una mujer, hija de Xoel. Pero no entiendo por qué debo explicarte eso eres un Dios, deberías saber todo esto. Al menos que no lo seas o hallas estado recluido en este desolado lugar...

El Dios guardo silencio tomando en sus brazos al niño, acaricio el cabello de su querido sobrino. Él era el Espacio, hermano gemelo del tiempo, este niño que había nacido con los mismos rasgos que los suyos y su hermana de cabello rubio. El hombre suspiró con tristeza cuando el niño fue asesinado, él fue hasta alla primero siguiendo a ese disturbio mágico en su reino, pero terminó encontrándose con algo mucho más grande, el asesinato del hijo de su hermana.

No es que el no haya querido evitarlo, claro que quería, pero cuando vio las líneas del destino posado sobre el niño comprendió que él iba a morir allí, no importase lo que intentara para evitarlo. Solo le quedaba observar el momento de mayor dolor de su hermana y el de su adorado cuñado. Sollozando levemente se mordió los labios ante la pérdida del niño y cuando sintió la intromisión de Caos en su reino, tomo tanto a Danais como al niño y se lo llevo hasta sus dominios.

Llegando al enorme palacio flotante en el espacio, dejó sola a la jovencita y al niño flotando en un escudo impenetrable. El quizás conocía las intenciones de Caos para matar al niño, pero no las que tenía para recuperar su cuerpo inerte. Con un poder tan amplio que obligo a Danais retroceder, sintió como el hombre revisaba todo el espacio y con un movimiento de mano atrapaba a una mujer de cabello plateado que luchaba para escabullirse.

— ¡Jamás te atrevas acerca a esta zona Caos! — con una voz imponente el hombre le gritó —. si te atreves acercarte a este niño yo mismo saldré de mis dominios y te asesinare.

Caos estaba aterrada por la poca capacidad mágica que tenía en ese lugar, terminó huyendo con la cola entre las patas, mientras lograba presentir una pequeña y débil firma de mana, la cual le causo escalofríos.

Cuando por fin quedaron solos, el Dios del Espacio voltio a mirar a la joven.

— Cuál es tu nombre.

Danais sin poder recuperarse se paró recta y como un rayo respondió: — Danais.

— No ese, el nombre de nacimiento completo.

— Maureen Auri Danais di Lukene

El Dios que escuchaba el nombre de la joven sonrió extasiado. Y con una sonrisa tierna se acercó a la chica, tomándola con fuerza en sus brazos.

— Los Dioses estamos atados a nuestros reinos, a lo que somos. Yo soy espacio, soy lugar, soy un sitio fijo, mi hermana es el tiempo que trascurre en los lugares en que estoy ¿sabes? Por eso se me prohíbe ver más alla de mi tiempo actual, soy el presente. Y tú niña, serás mi futuro. — tomando su rostro entre sus manos —. un bello futuro. — besándola en la frente un gran poder se expandió en su cuerpo, el poder del Dios del Espacio —. todo es tuyo, eres la princesa de mi reino, todo mi dominio es el tuyo, el presente jamás negará tu salida y al parecer el futuro tampoco. — sonriéndole la soltó —. es hora de que regreses a tu tiempo, esas fluctuaciones mágicas que produce tu cuerpo están luchando desde hace un buen rato para volver a tu lugar de origen.

— Pero él bebe. — mirando al nino flotando junto al Dios, este sonrió.

— Lo encontrás a su tiempo, el tiempo de este niño… aún no termina.

Observando las líneas de destino que unían ambas creaturas, Espacio entendió que el hijo de su hermana aún tenía esperanza. Y como siempre, destino había tenido razón, él debía siempre tener paciencia.

Danais incapaz de resistir más sus poderes mágicos de tiempo, fue llevaba nuevamente hasta un lugar oscuro, junto al pequeño niño. Tocándolo, comprendió que él era su tío, el primer hijo de Xoel. Cuando Danais trato nuevamente de tocar al niño, el libro de las almas contendido en su anillo fue expulsado. Flotando en el espacio se abrió hasta donde el nombre del pequeño estaba, el nombre de Elian aparecía y empezó a desvanecerse. La luz del libro se apagó lentamente, mientras que la producida por el niño aumentaba en intensidad, cuando sintió el llanto incesante de un bebe, Danais sonrió extasiada. ¡El niño estaba vivo!

— Oh mis Dioses. — tocando la mejilla sonroja del bebe, que ahora abria sus ojos, mostrando los claros ojos azules de un bebe. Danais frunció su seño, ya que esos mismos ojos la habían visto unos meses atrás, esa mirada se la dio por primera vez un joven pirata de cabello rubio y ojos azules, cuyas luces en el circulo mágico señalaban claramente de quien era hijo —. El destino esta de locos.

Aun con la boca abierta, la chica entusiasmada por llevarlo hasta donde Xoel, se vio separada de la creatura. Una figura oscura se mostró ante ella, la inmovilizo con un enorme poder mágico y tomo de sus brazos al infante, quien parecía feliz de ser cargado por ella. Luego fue empujada con una enorme ola expansiva de mana, sin llegarla a lastimar, pero cuando se percató a quien le pertenecía y susurrándole algo se dio cuenta que ya era tarde.

La chica que cayó en un extraño vacío terminó sobre los brazos de un hombre, cuyo rostro había acabado de ver, pero que ahora era ligeramente más maduro.

— Espacio…

El hombre le sonrió con dulzura, la apretó entre sus brazos y el sacó de aquel oscuro lugar. Volviendo a la Tierra de los mortales, Danais apareció sola en los cielos, justo encima de las montañas que conocía tanto, la cordillera de los Alpes, en las Tierras bajas de Bal-Liar. Flotando suavemente empujada un poco por el helado viento, vio a lo lejos un rostro muy conocido, su abuelo.

Llorando la chica se aventó en dirección al hombre, en búsqueda de consuelo. Xoel atrapando en el aire a la inexperta chica flotante, se fundieron en un conmovedor y profundo abrazo familiar. Aquel hombre con corazón de hielo había vuelto a sentir por esta niña, su corazón que estaba detenido en el tiempo desde la muerte de su primer hijo, ahora volvía a latir con feroz fuerza. Y Danais empezaba a entender su destino, sintió en su corazón la necesidad de seguir, de luchar hasta el último momento, todo fuera por su familia, por su real familia.

ASESINA, HIJA DE UN DIOS Y SOBRINA DE UN DRAGÓN.

Capítulo 12. Estrofa doce, Luz.

La inmortalidad pudiéndose cobrar por adelantado,

exigirá una recompensa que será pagada a lo largo del camino,

y que se convertirá al final en un alma de doble filo.

Habiendo descendido en las Tierras bajas de Bal—Liar, cerca de los Alpes suizos, los cuales estaba cubiertos de enormes capas de nieve y un bosque frondoso lo cubría. Desde lejos se podían ver varias colonias de Elfos, además de osos, lobos y ciervos paseando por las montañas.

Xoel le conto su travesía para encontrarla y como la reina Imber la había manipulado para poder restaurar el orden natural de la unión del reino azul, ella había malinterpretado el edicto de madera. La reina había sido manipulada también por Caos, se juntó con el Dios de la Tierra para que Danais sacara de orbita el libro que mantenía cautivo a fuego. Sin caer en cuenta que no era el libro lo que evitaba que él se extinguiera. También le conto el cómo el Dios del fuego había terminado en tal estado.

— ¿Entonces es posible volverlo a su lugar?

— Es probable, los Dioses no se destruyen en realidad, seria esparcido por todo el lugar, pero terminaría desestabilizar el resto de la realidad…

— Bueno, no es que me importé mucho ese tal Dios, la única vez que lo vi no me agrado nada…— mencionando la visión donde se burlaba de Xoel en el pasado.

— En realidad sería bueno si el pudiera volver a su estado ¿sabes? — Danais miró con un puchero a Xoel —. no me pongas esa cara ¡vamos! Si tu abuelo lo sugiere es porque es buena idea. Veras, cuando un Dios es puesto en su estado más puro, siendo poder puro sin conciencia, cuando vuelven es como un segundo nacimiento, sus memorias siguen, pero vuelven con la personalidad con la que nacieron. Vuelven en el estado más puro, como si fueran niños sin ningún pecado.

— Wow, eso es increíble. ¿Alguna vez ha sucedió eso con los Dioses?

Xoel asintió mientras miraba hacia el horizonte, donde el sol empezaba a ocultarse.

— Ha pasado varias veces con varios Dioses, muchas veces estos lo hacen a conciencia, para purificarse, es un ritual muy sagrado. Pero lo hacen en el seno de su hogar, en el lugar donde nacieron, entre las cuerdas del destino.

Danais miró asombrada a Xoel y aunque en su corazón guardaba aun resentimiento por las crueles palabras del Dios le había dirigido a su abuelo, pensó que quizás eso era bueno. Que los Dioses se purificaran y no volvieran este mundo una mierda con sus locuras, como Oscuridad… o Caos.

— Se podría obligar a uno hacerlo… ¿cómo a Caos? — Danais quien dejó la pregunta al Aire, se fijó como el hombre apretaba la mandíbula y todo su cuerpo se tensaba.

— Porque preguntas…

— Se quien es ella Xoel, una vez se presentó frente a mí, me amenazo. También la he visto en varias visiones del pasado, nada reconfortante. Se… sé que ella es una traidora. Se que es el enemigo. Así que deja de darme largas, incluso en las estrofas mencionan que yo me enfrentare a ella, es mala. Lo sé, lo sabes, incluso el destino lo sabe.

Xoel guardó un profundo silencio miró a la chica, con pesar en sus ojos.

— Ojalá no decidieras ir por ese camino.

— Yo quiero ir por él.

— ¿Por qué? ¿No te enseñe lo suficiente para desistir?

— Lo hiciste y he dudado de mi deber sagrado desde hace un tiempo, desde antes de empezar, estando con mi abuela dude, siempre dude. Pero cuando fui llevada por este libro. — sacando el libro de almas de su anillo dimensional —. vi cosas Xoel, vi el pasado, vi lo que ella te hizo, lo que le hizo a la humanidad. Y te he mentido, no te conté todas las veces que volví en el tiempo, mi alma salto una y otra vez, cada vez que cerraba los ojos y me mostraba el origen de esta horrenda guerra. Aún no ha acabado.

— Que quieres decir.

— También vi el futuro. Y es algo por lo que quiero luchar, creeme, no hago esto por ti, no lo hago por la humanidad, ni por los Dioses, demonios ni por el destino. Hago esto por mi… yo…

hago esto por varias personas que depende de mí. Y no quiero fallarles.

Con una resolución en su alma Danais se levantó de la nieve y con una pose de héroe miró hacia el ocaso.

— Pero no puedo hacerlo sola, necesito a mi familia para lograrlo. — extendiendo su mano hacia su abuelo sonrió —. necesito al más grande maestro del mundo.

Xoel viendo la resolución en los ojos de la chica asintió. Tomando su mano se levantó con una nueva misión, salvar al mundo.

Ambos empezaron nuevamente a entrenar como locos, para lograr su cometido.

Danais había soñado durante todo este tiempo, la forma en que Caos había traicionado a la humanidad. Esa Diosa había sido la responsable de crear esa enorme brecha dimensional en el estrecho, era la culpable de que la inestabilidad gravitatoria empeorara de golpe, también era la responsable de que Xoel se volviera un ser inmortal, había esclavizado a Fuego, enloquecido a Oscuridad, asesino al hijo de su abuelo y del tiempo, y por lo que vio en el futuro… la había atravesado a ella con una espada, no solo una sino dos veces, una de ellas mientras trataba de proteger a una pequeña niña que caos intentaba asesinar con esmero, incluso más que a ella.

Lo que había vivido le dio esa resolución y sabía que aun que el caminó serio tormentoso, por su familia estaba dispuesta a cruzarlo.

— Sabes, creó que vendría siendo buen tiempo para saber el siguiente estribillo, no vaya a ser que nos encontremos con otra sorpresa.

Danais paró de golpe después de haber derribado a una creatura de miasma que había escapado de una brecha dimensional, miró a Xoel. Y con una sonrisa avergonzada y de culpa dijo:

— La verdad es que no la tengo.

Xoel que tenía una barrera que evitaba que otras creaturas de miasma los atacaran, para que Danais pudiera luchar una a una con las más fuertes y así mejorar su habilidad mágica junto a la de batalla, la miró con horror. Danais sacó la espada que Xoel le había prestado del pecho de la pulverizada creatura, se rasco la cabeza.

— La verdad jamás la tuve, mi abuela me dijo que cuando estuviera lista para dar la tercera tendría que ir contigo a su palacio, para que ella misma nos la dijera.

— ¡Como demonios! ¡si hace unas semanas me habías pregonado que podrías decirme el resto!

— ¡Bueno hombre, no es para que te enojes tanto! ¡De todas maneras, era mi plan llevarte ante ella!

— ¡Yo no quiero ir! ¡no te ofendas, pero tu abuela y yo no nos llevamos nada bien!

— ¡Bueno, eso lo se! Ustedes dos solo juguetearon un rato y terminó con un embarazo que ni te enteraste, eso lo entiendo, pero no comprendo por qué el ¡oh, soy el inmortal todos poderosos! Le da algo de tedio visitar una antigua amante…

— ¡porque no fuimos amantes! — ambos guardaron silencio ante la incómoda situación —. lo que paso con tu abuela y conmigo, fue un error enorme, ni ella ni yo lo deseamos, solo nos dimos cuenta después que también fuimos manipulados por Caos…

Danais, tu madre nació, porque Caos nos hipnotizo ... a mí me hizo creer que con quien estaba era Tiempo, mi esposa....

— Xoel...

— No. Dejame terminar antes que preguntes algo más, tu abuela también fue víctima acá, ella creía que yo era... — sin querer sacar a luz un tema personal de Diosa pauso un momento —. ella fue manipulada por su envidia que tenia de mi madre, por haberme dado a luz, ella era la otra Diosa elegida destinada a ser mi madre, pero destino terminó por no escogerla. Ella ese día no estaba consciente, creyó que era destino quien la poseía, creyó ... por fin había sido destinada a ser madre.

— Espera... dijiste Diosa... mi abuela no es una ...— Danais quien callo de repente, en sus memorias recorrió la visión de su abuela.

Una mujer de gran poder y con una apariencia insulsamente idéntica a la Diosa del Aire.

— Ella es Aire... no... oh rayos... ¡que linaje tan impresionante! — emocionada por el descubrimiento de su árbol genealógico Danais en vez de sentirse engañada celebro.

— Pensé que te molestarías.

— ¿Porque lo haría? eso es historia entre ustedes dos. — suspirando le dio una mirada significante a Xoel —. no es como si esperaba que ustedes dos se unieran como pareja. Es raro, entiendo, además sé que tu esposa es Tiempo, recuerda... — señalando su cabeza con cara de lunática —. poder de viajar en el tiempo sin control.

— ¿Que? ¿Espera, espera... que más sabes sobre eso?

— Mmm — Danais sabiendo a que se refería, sabiamente guardo la verdad —. solo eso, una vez borracho mencionabas sin control a tu amada tiempo… jajaja era de locos, porque mientras asesinabas a creaturas del miasma sin control.

— Ah.

— Pero a la cuestión ¿iremos donde mi abuela por el ultimo o no?

— ¿No puedes llamarla para que venga? Me imagino que la bruja esa sabrá donde estas siempre…

— ¿Qué crees que soy? ¿Una maldito GPS? ¡Claro que no sabe dónde estoy! Además … extraño a mi madre y quisiera que la conocieras por fin.

Xoel miró a los ojos a su nieta y extendió una enorme sonrisa en su rostro.

— Seria el placer más grande de mi vida…

— ¡Bien! ¡Decidió, próximo destino… Berlín!

después de unos días trasladándose en caminó a su pueblo natal, Danais alegre practicaba más y más con Xoel, el océano de conocimientos que el hombre vaciaba en su cabeza era tan grande e increíble que jamás decepcionada a Danais. Incluso llego a pesar de que había superado a su padre el rey de Bal-Liar.

Con eso en mente, llegaron por fin a las Tierras del reino donde creció. Caminado por las concurridas calles, la dupla cubiertos con capuchas entraron de incognito a la ciudad, para evitar sospechas, en especial de los guardas reales.

Según lo que le había contado Danais, ella había casi que escapo de casa con ayuda de la sacerdotisa su abuela, logro salir a escondidas para poder cumplir con su misión. Pero había una razón más por la necesidad de entrar en incognito, Xoel había extradió toda la información que la reina Imber había escondió, una de ellas que el rey había puesto una recompensa para traer de vuelta a la joven princesa del reino, sana y salva, pero había otra, una secreta donde los mismos príncipes habían puesto precio sobre la cabeza de la princesa. Esa última parte Xoel aun no le había comentado. Al igual que la chica, tratando de guardar prudencia con la verdad.

Cuando llegaron por fin al castillo, Danais haciendo una seña pidiendo que la siguiera rodearon el castillo hasta llegar a un lugar donde se separaba con una alta pared las Tierras de la corona con las del pueblo, Danais lo llevo hasta una entra secreta.

— Esta la creó mi madre poco después de casarse, para poder salir y jugar un poco afuera. — le explico mientras quitaban las telarañas que se habían formado en el oscuro y pequeño túnel, donde tenía que pasar curvados.

— Espera. — deteniéndola Xoel alumbro un poco de poder mágico y extendiéndola por el cuerpo de los dos, ambos se pusieron en un tono tenue —. es magia de Luz, luego te la enseño, nos permitirá andar por acá sin ser notados, pero no uses magia, esto solo nos oculta de la vista. — Danais asintió en afirmación y continuaron caminado quince metros más.

Apareciendo en una de las bodegas del castillo donde guardaban cachivaches. Danais guio a Xoel atrás vez de varios pasillos oscuros, hasta llegar a un lugar donde la luz natural abundaba. Parados en el umbral entre el palacio de la sacerdotisa y la madre de la reina, Xoel vio a la distancia una hermosa mujer que corría a toda velocidad, recogiendo el largo vestido para no tropezar. Ella cuya apariencia era similar a su madre, pero cuyos rasgos físicos eran idénticos a él tomo en brazos a su compañera.

Xoel observó la conmovedora escena, donde madre e hija se encontraban. Sintiéndose tan alejado de la situación y de ambas,

Siendo obligada por el rey a mantener separadas, Ilana la reina de Bal-Liar apretó contra su cuerpo el de su amada hija. Ella había sufrido miles de torturás para proteger a su hija, se había visto desprevenida, cuando su misma madre la había enviado lejos sin ninguna explicación.

— Es bueno que hallas vuelto mi niña. — la Diosa del Aire se mostró con su forma humana, cabello cobrizo y ojos verdosos —. y jamás pensado decir esto… también es bueno de verte Xoel.

— Anakarnia

— Veo que aun eres prudente. — mirando a su hija—. me imagino que vienen por el resto del edicto.

— Madre quien es este hombre. — antes que empezaran a dirigirse hacia el pequeño jardín, Ilana puso protectoramente a su hija detrás suyo, exigiendo una respuesta.

Esa misma mañana Anakarnia le había informado en secreto a su hija que Danais volvería al palacio, pero que era un secreto. Ella consciente de la trama planeaba por los hijos del rey, acepto en silencio aquel presagio. Pero estando allí, viendo a su hija llegar con un enrome hombre, vestido con ropa desgastada y una enorme barba, no puedo evitar sentir temor en su corazón.

Suspirando la Diosa del Aire miró a Xoel — es tu decisión Karnia, no mía. Aunque tengo el derecho, realmente no creó que sea mi deber.

— Ven hija, vamos, tomemos algo de té mientras te lo cuento.

— No madre. — la reina con ímpetu se opuso —. primero alejaste a mi hija de mí, sin mi permiso y ahora quieres que siga lo que dices. Quiero respuestas y las quiero ya. ¿Quién es ese hombre? ¿Por qué enviaste Mauren lejos de mí? ¿Qué es lo que está sucediendo?

La Diosa conociendo a su hija mejor que nadie, sabía que iba a ser imposible mover aquella chica del lugar, al menos que le dieran una respuesta, la verdad.

— Ilana Eloísa di Lukene… no, ese es tu apellido de esposa. — tomando Aire la Diosa miró a Xoel, quien le resonaba el Eloísa, siendo este el femenino de su segundo nombre como rey, Eloy — Ilana Eloísa ad Deum di Benek, hija de una Diosa y un mortal, este hombre que ves acá… es tu padre.

Dejando caer la noticia sobre los hombres de la mujer, Danais apretó un poco su brazo reconfortándola, asintiendo para darle la razón a su abuela.

— Hija de una Diosa. — la reina repitió las palabras de su madre.

La Diosa asintió y mostro poco a poco su verdadera forma, sus ojos verdosos se volvieron negros en su totalidad, mientras el Aire se arremolinaba a su alrededor, creando un reino mágico donde nadie pudiera entrar. Su figura de una mujer mayor cambio por el de una joven, casi igual a su hija, solo por un par de rasgos que las diferenciaba, rasgos que podía reconocer en el rostro de aquel hombre. Ilana apabullada por tantas noticas, sintió un bajón de presión y callo sobre los brazos de su hija, ya inconsciente la Diosa alivio la carga a su nieta y llevaron a la pobre mujer flotando hasta el jardín, donde te y galletas los esperaban.

Sentados en silencio mientras Ilana flotaba en silencio cerca de ellos con Xoel admirando cada uno de los rasgos de su hija y con temor de tocarla. Cuando por fin despertó ella se sentó un poco alejada de los tres, esperando las respuestas de su demás pregunta. Aunque no negaba que debes en cuando le daba una que otra mirada a Xoel, además de la interacción abuelo/nieta. La Diosa del Aire le explico con tranquilidad lo que estaba sucediendo, lo más por encima posible y evitando ciertas verdades que aún no eran tiempo a ser rebeladas.

Ilana estando cada vez más sorprendida quedo en silencio. Tratado de comprender se mordía los labios con nerviosismos, mirando hacia la entrada, rogando que ningún guardia imperial entrara y los vieran allí. Su esposo el hombre más manipulador de la Tierra, trataba de controlarla a cada paso usando a su hija, meditando por fin veía una salida aquel infierno. Ella acepto todo aquello que su madre le había explicado, incluso su procedencia, donde este hombre apenas se había enterado de que era padre.

Pero aun curiosa le pidió a su hija que contara que había hecho desde que desapareció, así que Danais como una niña pequeña empezó a relatar su aventura. La Diosa del Aire y la reina quienes escuchaba emocionada las historias de la más joven de las tres, sonriendo y riendo a cada paso, a cada travesía y tirándole miradas afiladas a Xoel cada vez que había hecho pasar por peligro a la pobre joven.

La reunión familiar con un ambiente acogedor, duro varias horas hasta que, por fin, la Diosa del Aire le entrego la última estrofa a la dupla.

Sus sueños se volverán sus pesadillas

El destino del mundo nuevamente en corazones de dos dragones

Solo con el final de dos destinos profetizados se restablecerá el orden

el mundo volverá a su punto inicial y los Dioses volverán a

ser felices

y mi único hijo volverá al regazo de su madre.

Xoel asimilando en su corazón aquellas palabras, sentía que aún le faltaba sentido, pero sabía que poco a poco se revelaría aquella información que le permitirá entenderlo. Pero en sí, las palabras eran alentadoras sobre todo porque realmente proclamaban la muerte de Xoel y su entrada en la Tierra de Erebo, el inframundo.

La Diosa empujando a su joven hija a que hablara con su padre, logrando que se reuniera con este. Algo incomodos trataron de establecer un vínculo. Danais miraba al par que empezaba hablar tímidamente, hasta que después de un rato ambos entraron en confianza. Resultaba que la personalidad de su madre era idéntica a del abuelo, sorprendida por las risas y algunos sollozos de parte de ambos, Danais sonrió, observando la luna sobre su cabeza.

La Diosa acompañando a Danais le paso el brazo por los hombros y la acerco hasta ella, reconfortándola. Cuando terminaron de hablar, ya casi en el amanecer, padre e hija quien se veían un poco más unidos, se reunieron con la Diosa, quien arrullaba a su nieta que rato atrás se había quedado dormida.

— No creo que se puedan quedar ¿verdad? — Ilana acaricio el cabello de su hija, quien apenas pudo ver crecer para poder cuidar su vida. Xoel asintió en silencio —. creo que es lo mejor, sus hermanos han estado actuando extraño desde que se marchó y mi esposo, ash, ese lunático ni decir, quizás aquella locura de ese hombre se les heredo a esos niños, no lo sé. Pero ella acá no está segura, aunque tampoco creó que contigo lo esté. — juzgando con la mirada al inmortal.

Vaya que fue una sorpresa cuando se enteró que su padre era el mismo rey inmortal, el gran reino de Bal-liar, de alguna forma le dio un sentimiento nuevo a Ilana, reconsiderando su postura como reina de esas Tierras, cuando antes se sentía entrometida y obligada, ahora si lo sentía como propia. Quizás ella tenía más derecho de heredar, habiendo nacido en Tierras lejanas que el idiota del emperador, uno de los descendientes del ducado cuando su padre reino.

Aunque pareciera imposible el creer todas aquellas fantasiosas historias, no le quedo de otra más que aceptar ¡no tenía después de otra de saber que su misma madre era una Diosa, que podría sorprenderla más!

— Siempre has podido asimilar todo de forma tan increíble. — la Diosa la alagó.

Ilana se sonrojo y desvió un poco la mirada. Ella misma también había ocultado un secreto de igual magnitud. Aun si saber si era pertinente relevar tal información, miró a su hija despertar.

— Hola mama…

— Mi niña, creó que no podremos pasar más tiempo juntas… por ahora… — Danais negó con la cabeza y tomo las manos de su madre con las suyas.

— No te preocupes mama, ya soy más fuerte que mi padre, soy más fuerte que el rey ¡así que no hay manera que no podamos ir juntas, vamos!

Ilana negó con la cabeza, puede que fuera cierto y su hija haya trascendido a otro plano de poder y dominio, pero no era suficiente, no porque no pudiera ganar, sino porque si llegaba matar al rey de Bal-liar terminaría en las listas de caza de todos los reinos, acusada de un intento de usurpación de trono. Era algo más político que de poder puro.

— ¡Se que puedes! Se que serás capaz de grandes cosas, pero lo que sucede acá va más alla de una simple batalla. Se armará una guerra y por lo que veo, ya tienes las manos llenas con una guerra santa como para tener también una mortal. — mirando a su madre y padre, quien asintieron en concordancia —. yo estaré bien, así que ve, tranquila. Tu madre es mucho más fuerte de lo que crees. — tocando su núcleo de mana debajo del obligo miró a la Diosa —. ¿no es así madre?

— Veo que te diste cuenta.

— ¡Es imposible querer ocultar algo en mi cuerpo! — la Diosa libero el sello que tenía sobre su propia hija para ocultarla de los demás Dioses y de su padre.

El poder que exalto de ella era tan grande que incluso puso nerviosa a Danais. Su madre era evidentemente más poderosa de lo que ella actualmente era. Sabiendo lo que significaba Danais miró a su madre, ella podía protegerse sola, además tenía la protección de la Diosa del Aire.

— ¿Entonces creó que tender que partir verdad? — ambas mujeres asintieron.

Retirándose con Xoel se alejaron de su familia y mirando debes en cuando atrás, mientras ellas se despedían con un brazo en alto, ambos sonrieron y emprendieron su viaje. Pero por sorpresa, cuando llegaron a la salida, un grupo de asesinos los esperaban.

— Entreganos a la chica. — uno de ellos hablo mientras apuntaba con un arma de disparo mágica, un elemento de alta tecnología que había empezado a remplazar las de cuerpo a cuerpo.

Danais dio un paso adelante, lista para enfrentarlos, pero antes de seguir Xoel la retuvo. El quien era el más habiloso de todos, sintió una presencia manipulando aquellos humanos. La energía del Caos.

— Cuidado niña, estos asesinos no son normales. Deja de

esconderte pequeña sabandija.

— Como se esperaba del gran inmortal. — una mujer que se escondía entre los diez hombres apareció.

como una sombra escurridiza, ella quien tenía patrones de tatuajes en sus brazos y piernas, apareció con un pequeño vestido suelto, que el viento hacia ondear junto a su cabello azabache.

— Qué demonios crees que haces Caos

— Tu qué crees, corto la maleza desde su raíz. — mirando a la princesa quien tenía todas sus alertas sensoriales al máximo ante el enemigo.

— Los Dioses no pueden asesinar a ningún ser vivo. — le recordó.

— No, no podemos, pero eso no impide que manipule a otros para que hagan el maldito trabajo por mi…

Caos vertiendo enormes cantidades de magia oscura sobre los asesinos, los obligó abalanzarse sobre la dupla, mientras que ella misma lanzo un contrataque contra Xoel, separándolo de Danais.

Iniciando una guerra en medio de la ciudad, Danais se vio obligada a luchar contra los asesinos, mientras Caos había creado instantáneamente un reino mágico, para evitar que Aire o cualquier otro Dios se interpusiera.

Luchando a muerte Danais acostumbrada a matar, gracias a la gran guerra que fue enviada cuando era joven, para mostrar su valía como heredera. Acabo rápidamente con dos de los asesinos más débiles, pero incluso con todas las enseñanzas de su abuelo y a pesar de que los hombres no eran realmente habilidades, se encontraba en un estado aletargado como un zombi, pero con la potencia de un berserker.

Por otro lado, Xoel luchaba con Caos y viéndose limitado solamente a usar magia del Caos, se vio de alguna forma apabullado por ella. Todo porque ella enviaba deliberadamente olas de poder asesino hacia donde estaba su nieta, distrayéndole de la batalla.

— Ahora no eres tan arrogante verdad. — Caos golpeo con un puño lleno de poder mágico de Caos a Xoel, quien escupió sangre ante el fuerte golpe. — maldita bestia. — dando golpe tras golpe, sin dejarlo responder, la Diosa del Caos se veía más como un demonio gritaba —. ¡puedes que seas inmortal! ¡pero eso me permitirá poder romper una y otra vez tu cuerpo! ¡una y otra vez!¡una y otra vez!¡una y otra vez!¡una y otra vez!¡una y otra vez!¡una y otra vez!¡una y otra vez!¡una y otra vez!¡una y otra vez! ¡una y otra vez!

Enloquecida con sus ataques insensatez golpeaba a Xoel. Aun cuando ya se encontraba inconsciente. Su victoria sobre el inmortal, que era capaz de luchar y ganar con casi cualquier Dios, se debía más a un contrato inmoral que ella misma había creado cuando Xoel empezó su conquista de las Tierras de Bal-Liar, uno similar que Yeny había empleado para controlar a sus amigas. Uno que empleo en aquel tiempo que más lo manipulo para lograr su cometido. El contrato, que constaba que el hombre no podría jamás usar magia cuando estuviera en su reino, incluso magia de protección.

Xoel había tratado miles de veces de evadir una situación así, a sabiendas de lo que podía suceder. Ya que los Dioses que no tuvieran su reino atado a esta dimensión de los mortales no podrían crear un reino tan fácilmente, solo cada cien años y tan solo por unos minutos. A sabiendas que Caos siendo originario del inframundo, lo sabía, por eso mismo había esperado este glorioso momento.

Danais observó por el rabillo del ojo como ese demonio apalizaba a su abuelo, pero viéndose ocupada por los asesinos, no encontraba la forma de ayudarlo. Después de unos minutos logro inmovilizar a los demás contrincantes, absorbiendo la magia de Caos que su vertida en ellos, llevándolo hasta su cuerpo sintió como si la carcomiera por dentro, hasta que por fin su núcleo lo absorbió, haciendo lo propio.

Los hombres colapsaron ante la repentina falta de energía y Danais sin perder el tiempo se abalanzo sobre Caos, quien aún golpeaba vilmente a Xoel inconsciente. llenándose de sangre y hueso. Aunque el hombre no pudiera morir la sangre derramada, los huesos partidos y el dolor era real. Sin considerarlo dos veces, lanzo una enorme bola de energía sobre Caos, la cual ante la sorpresa retrocedió alejándose de Xoel.

A sabiendas que esa bruja no podía matarla por su naturaleza ligada a la Tierra mortal, ella se le enfrento a Caos. La chica sabía que esa esfera de poder que la rodeaba, ese reino mágico invocado no duraría mucho, unos minutos más que tendría que resistir ante ese monstruo.

Aunque se sentía superada, se puso en pose de batalla, lista para luchar si era necesario. Caos se carcajeo estruendosamente y en su locura ataco a la chica sin piedad. Ella apenas era capaz de esquivar o protegerse de los Furiosos golpes, retrocedía paso a paso, esperando que el reino callera antes que ella fuera lastimada con gravedad.

Pero para sorpresa de Danais, esperando ataques menos viles de la Diosa, se vio sorprendida ante el poder de ella, tal como la primera vez que la vio. Cayendo de rodillas ante la presión Caos se lamio los labios untados de sangre. su rostro blanquecino, salpicado con la sangre de Xoel se veía más tenebroso que nunca.

— estúpida chica ¿crees que no puedo asesinar un humano? ¡Claro que puedo! ¡Yo lo puedo todo! Y ningún Dios, ni el destino y muchos menos una insignificante mortal como tu podría hacerme frente.

Creando una espada afilada que se crispaba con líneas azules, similar que la espada de Xoel, la Diosa se acercó peligrosamente la chica y con la espada en mano, la apuñalo. Cayendo sobre su espalda, el reino mágico empezó a caer y así como llego Caos desapareció, evitando una confrontación con Aire quien había intentado con una enorme fuerza entrar a la fuerza. Cuando el reino terminó de caer, Ilana y Anakarnia observaron tanto abuelo como nieta en un terrible estado.

Xoel teniendo una recuperación extremadamente rápida, recupero la conciencia y sus heridas empezaron a desaparecer. Levantado la cabeza, vio a su nieta tumbada en el suelo, botando una enorme cantidad de sangre por la enorme herida en su abdomen. Él se arrastró hasta donde ella y tomándola en sus brazos, ignorando sus propias heridas empezó a curar a la chica, pero la herida había sido contaminada con miasma. Imposible de curar por él, sintiendo como la vida de la chica escapaba de su cuerpo, vio a su hija y la Diosa del Aire preocupadas al otro lado, Xoel gesticulaba algo con los ojos llenos de lágrimas.

— Esta muerta. Esta muerta.

Un pitido en los oídos de Xoel incrementaba por los golpes recibidos, mientras Ilana corrió directamente sobre su hija, la Diosa quien veía aturdida como su amada nieta había sido asesina, junto a los cuerpos de esos sucios asesinos, quedo en shock.

Unos minutos más tardes, Xoel e Ilana sostenían abrazaban a Danais mientras aun le brotaban grandes cantidades de magia y de magia putrefacta. Gritando de dolor, llorando y finalmente gimiendo.

Aire miraba en la distancia tal escena, respirando, tratando de contener las lágrimas, había creado una barrera para que lo sucedido allí no llamara la atención de nadie más. Cuando sintió la presencia de otra Diosa la cual paso por su lado, dándole una palmada de tranquilidad. Aire sabía que no debía nunca interferir en la muerte de un mortal, había visto desaparecer la línea de la vida de la chica. pero cuando la Diosa de la Luz aparecio una tenue línea volvió aparecer, la Diosa miró a esa familia doliente, logro que le entregaran con mucho pesar el cuerpo de su descendencia, la Diosa de la luz sonrió dulcemente.

Ella con la tierna forma de una niña de doce años, con cabello cenizo y mejillas sonrojadas, alzo a Danais con magia de luz, le toco el vientre y creando una brecha dimensional se la llevo.

Abuelo y madre reaccionaron ante la desaparición de la niña y la Diosa. Pero Aire los detuvo.

— Tranquilos, ella podrá salvarla, sentí que se la llevó al Empíreo, en el paraíso donde la magia de luz reina podrán sanar esa herida de miasma. La purificara.

Xoel e Ilana se miraron entre sí y se abrazaron para reconfortantes. Solo quedaba esperar y tener esperanza.

Epílogo

Caos se paró enfrente la gran puerta del estrecho de Bering. Regina la reina del inframundo y hermana mayor de Xoel estaba arrodillada, esperando el mandato de su ama. Caos aún con salpicaduras de sangre en su rostro observó a la semi Diosa, quien había vuelto a los cabales influida por las cadenas que la atrapaban, volviéndola nuevamente en una esclava sin conciencia obediente únicamente al Caos.

— Prepara todo, la guerra volverá azotar esta maldita Tierra.

Regina asintió y caminado con paso firme atravesó la puerta, seguida de Caos. Caminado directamente sobre la fuente de su poder, donde la magia podrida, el miasma alcanzaba su punto máximo, el mismo inframundo.

Por otro lado, un hombre que sintió el paso de Danais en sus dominios, atravesó del espacio directamente hacia el empíreo. Percibió que la vida de la niña colgaba de un hilo, pero era llevaba por la Diosa de la Luz, haciendo que se tranquilizara un poco. El apretó sus puños en frustración, aquella quien era su hija se encontraba en grave peligro y él era incapaz de poder ayudarla. Después de haber sido acorralado por Caos en su propio reino, impidiéndolo salir al mundo mortal, al empíreo o al Erebo, flotado solo en su inmenso poder. Desolado y vagando entre las fronteras de esas dimensiones, ya que, si se atrevía a salir, terminaría colapsando lo que quedaba de la frágil realidad. Recordando a su amada mujer, a quien no veía desde hace más de veintiún años, cuando Ilana apenas tenía unas semanas de embarazo sintió su corazón estrujarse, él era un Dios y su vida era eterna, pero el estar separado por un fugaz espacio de tiempo de ella se había vuelto una tortura inimaginable. Cerrando los ojos rogó al destino poder volver a unir a su familia.

Oda de la inmortalidad

La oda de la inmortalidad solo puede ser cantada por los muertos, un humano solo puede recitar versos sin morir en el intento y solo un ser destinado por el tiempo puede encontrar las trece estrofas que permitirán volverte inmortal. La oda fue una creación de los doce dioses del origen: oscuridad, luz, caos, vida, muerte, tiempo, espacio, fuego, aire, tierra, agua y madera. Uno cada uno, pero la treceava fue un total misterio de donde apareció, es la primera que se debe recitar por lograr la inmortalidad, y que solo un ser logro recitar.

Estrofa inicial trece: Disparuit tempore.

Jurando con humildad en mis palabras,

y comprendiendo que solo mi propia sangre me salvara,

Entrare al bosque de la muerte, solo estando al final de mi destino,

y aun que deje mi alma para obtener la vida eterna aun seré yo mismo.

(Estrofa uno: tiempo)

Comprendiendo el despiadado peso de ser un héroe,

y haber gobernado entro los doce dioses del inicio,

ahora me convertiré en un dios.

(Estrofa dos: aire)

Deseado la libertad

Ignorando el destino que los dioses me han dado,

no seré maestro de nadie y no rendiré cuentas, ni esperare juicios.

(Estrofa tres: fuego)

Dentro del bosque del olvido,

donde los árboles arden eternamente,

dejare en reposo mi alma.

(Estrofa cuatro: caos)

Jugare con la muerte y el destino

y ellos serán mis padres,

desposare al tiempo como mi amante.

(Estrofa cinco: vida)

Renunciare a la muerte

y con ella dejare mi alma,

esperando la eternidad con la misma parca.

(Estrofa seis: agua)

Reposare entre las tinieblas y la bruma del gran rio

mientras las almas en pena se lamentan

envidian y castigando mi destino.

(Estrofa siete: muerte)

Cuando caiga la noche entre los tiempos

mis ojos cambiaran

y verán los hilos del destino.

(Estrofa ocho: oscuridad)

Al igual que las dos hermanas

Veré el paso de las almas

y renunciaré al destino de todo nacido.

(Estrofa nueve: madera)

Con la copa de cristal

bañado en sangre de malditos

Un pequeño canto se escuchará como un grito.

(Estrofa diez: tierra)

Comprendiendo el peso de los pecados

que llevara a un cuerpo a la putrefacción

entregaré mi alma a cambio de redención.

(Estrofa once: espacio)

Pero ¡ay de aquellos que no entienda la inmortalidad

porque solo les quedara dos caminos,

la eterna soledad o la distorsión de su verdadero destino.

(Estrofa doce: luz)

La inmortalidad pudiéndose cobrar por adelantado,

exigirá una recompensa que será pagada a lo largo del camino,

y que se convertirá al final en un alma de doble filo.

ACERCA DEL AUTOR

Alexandra Paniagua Gomez, primera hija de tres hermanos, nació en agosto del 95 en Pereira-Colombia, creció en la ciudad de Ibagué y actualmente vive en la ciudad de Cali. Ingeniera forestal, amante de la ciencia, la investigación, la naturaleza y la fantasía. empezó a escribir a los 14 años, pero empezó a crear historia desde antes de aprender escribir. Amante de las historias fantasía, las tragedias, la traición y el romance.

9 789584 941596